세상의 큰형들

세상의 큰형들

2부 아이들의 집

3부 풍경의 안팎

자서

　신문집을 다시 묶는다.

　5년 만에 살피자니 뒷이야기가 생긴 원고들이 많다. 그새 고인이 된 분 여럿이다. 미처 가늠하지 못한 일이라 새삼 저무는 가을쯤에 거둔 글들이었구나, 깨닫는다. 어머니를 마지막으로 만졌을 때 평생 길짐승처럼 트고 딴딴했던 뒤꿈치가 아장아장 뗄 것처럼 말캉고 부드러웠다. 아버지는 정든 집 재떨이에 꽁초 반 토막을 두고 가셨다. 고모집 늙은 감나무는 여전히 빨랫줄을 잡고 섰는데 젖은 것 내거는 손길이 없다. 하나같이 살림에 눈속임을 잘해놓고 떠났다. 적요한 뒤란으로 뛰어든 술래처럼 서럽다.

　원고는 몇 개 순서를 다시 앉히고, 새로 제목을 골랐으나 묵은 그대로다. 책이라는 것도 당연히 수명이 있다. 신문집을 다시 세상에 내보내는 데에는 전적으로 김민정 시인의 덕이 크다. 그이는 오래전 지면을 만들어 입을 떼게 하고 산문집의 반이나 되는 원고를 거두게 해주었다. 그리고도 평소 이 산문집을 아낀 고마움을 갚을 길 없다. 윤종석 화백님이 그림을 주어 묵은 글들이 새

뜻해졌다. 여러 사람 손에 길러진 이야기들이 세월을 입어 저절로 성장하기를 바란다.

2015년 봄
전성태

1부

세상의 큰형들

젖동냥

나는 늦되게 아홉 살에 초등학교에 입학했다. 부모님은 한 해 꿇으면서 동생을 돌보라고 했다. 세 형이 도회지 상급학교로 나가서 부모님은 뒷바라지에 숨 돌릴 겨를이 없었다. 초등학교를 졸업한 손위 누이도 중학교 진학을 한 해 늦추고 면 소재지의 인형공장에 다니고 있었다. 사춘기 누이가 퇴근길에 앙고라 털을 묻혀 오는 모습도 그렇지만 빈 도시락 딸각이는 소리는 어린 마음에도 왠지 퍽 슬펐다.

부모님한테서 한 해를 꿇어야 한다는 말을 듣고 방바닥에 드러누워버렸다. 더러 여자아이가 애 보기로 학교를 꿇는 경우는 보았어도 사내아이가 그래야 한다고 생각하니 속이 보통 상하는 게 아니었다.

입학식이 끝나고 나자 체념하고 포대기를 둘렀다. 어린 여자아이들과 어울려 소꿉놀이를 하고 나물을 캐러 다녔다. 동생에게 젖을 물리러 먼 들길을 걸어 어머니를 찾아가기도 했다. 아이가 아이를 돌보는 꼴이어서 동생을 업었다기보다는 엉덩이에 걸치

듯 해서 끌고 다녔을 것이다.

점차 요령이 붙어서 젖 먹이러 먼길 가야 할 때는 먼길을 버리고 이웃 아주머니들을 찾아갔다. 윗집 아주머니를 비롯해 마을에는 아이에게 젖 물리는 애어멈들이 여럿 있었다.

"젖 좀 줘요."

처음에는 젖을 잘 물려주던 아주머니들이 횟수가 잦아지자 싫어하는 기색을 보였다.

"꼭 갚을게요. 젖 좀 줘요."

"쳇, 니까짓 게 뭔 수로 갚아야?"

어디서 얻어들은 말이 있어서 나는 태연하게 대꾸했다.

"우리 엄마가 젖이 많은게 꼭 갚아줄게요."

젖동냥을 하고 다닌다는 말을 듣고 어머니는 혼을 냈다. 남의 젖이 어디 살로 가겠느냐는 거였으며, 젖이 불어 하루종일 고생했다는 지청구였다.

그 무렵 아버지는 좀더 나은 돈벌이를 찾아 토마토 농사를 지었다. 토마토가 익자 어머니는 읍내 장으로 내다팔았다. 녹동장은 이십 리 밖 포구였다. 나는 버스로 토마토를 내가는 어머니를 따라나서는 일에 재미가 들렸다. 어머니는 여간 귀찮아하지 않았다. 번잡한 장터를 싸돌아다니다가 길 잃을까 걱정이었을 테고, 국화빵이며 장난감이며 사달라고 떼쓰는 꼴이 흉했을 것이다.

장날이 오면 어머니와 전쟁을 치르다시피 했다. 어머니는 어떻게든 아들을 떼놓고 가려고 애썼고, 나는 따라가려고 기를 썼다. 나는 동생을 포대기로 둘러업고 어머니보다 앞서 버스정류장으로 나가 비석 뒤에 숨어 있기도 했다. 오죽하면 어머니는 차장에게 "저놈 좀 못 타게 하소" 해서 우리 형제를 떼어놓을 때도 있었다. 그런 날은 정말 버림받은 자식처럼 서럽게 울면서 고무신 뒤축이 늘어지게 버스 꽁무니를 쫓아가기도 했다.

하루는 어머니가 단단히 벼른 모양이었다. 파장을 하고 으레 차부로 가야 할 어머니는 읍내 외곽으로 난 농로로 나를 걸렸다.

"차가 떨어졌응게 걸어가야 쓰겄다."

어린 눈치로도 어처구니없는 소리였다.

"엄마, 저거 버스 아녀?"

나는 무슨 중요한 사실을 발견한 아이처럼 멀리 신작로를 달리는 버스 불빛을 향해 손가락질을 해 보였다. 어머니는 듣는 기척도 없이 걸음을 재촉했다.

"저거 버스 맞당게."

자꾸 그런 소리를 해보았으나 어머니는 묵묵히 걷기만 했다. 읍내를 벗어나 들판으로 나섰다. 저녁 어스름이 내리고 달이 떠올랐다. 한 번도 와보지 못한 마을과 길이 지나갔다. 나는 이내 지쳤는데도 흡사 시험에 든 아이처럼 꾹 참고 걸었다. 딴에는 어머니의 결심이 얼마나 대단한 줄 눈치채고 나약한 모습을 보여서는 안 된다는 결심과 오기로 저문 길을 걸었다.

잠든 동생이 등에서 척척했다. 자꾸 걸음이 뒤처졌다. 배도 고프고 다리가 파근해서 곧 주저앉을 것만 같았다. 동요를 몇 곡 흥얼거리고 돌멩이도 차보았다. 어머니는 앞서서 묵묵히 걷기만 했다.

숨이 턱까지 차올랐을 때 나는 동생을 뒤로 꼬집었다. 동생이 자지러졌다.

"엄마, 야가 배고픈갑네."

그제야 어머니는 발걸음을 세우고 내 등에서 포대기를 풀어내렸다. 풀숲에 앉아 어머니는 동생에게 젖을 물렸다. 소리내어 젖을 넘기는 동생을 나는 맥맥한 눈길로 바라보았다.

"다음에도 또 따라나설래?"

어머니는 이내 좀 누그러져서 나무랐다.

"그러니게 왜 자꼬 따라나섰냔 말여."

나는 아무 대답도 하지 않았다.

"동무들은 핵교 댕기느라고 쎄 빠지게 공부하는디 니는 맨날 장바닥에나 따라나서서 어짤꼬."

나는 서럽고 배가 고파서 어머니 곁에 졸듯이 앉아 있었다. 어머니는 그 곁자리가 얼마나 무거웠을까. 옆에 앉은 내 머리를 쓸어주었다.

"배고프지야?"

어머니가 부스럭거리며 몸을 틀었다.

"아나……"

난데없이 어머니가 한쪽 가슴을 풀어서 내밀었다. 나는 주춤 물러났는데 부끄러웠다. 어머니는 진심인 모양이었다. 나는 쭈뼛쭈뼛 다가앉았다.

"다 묵고살자는 일인디 나가 뭔 짓인지 몰겄다."

어머니는 한숨을 폭 쉬며 내 머리를 쓰다듬었고, 나는 그 소리가 퍽 슬펐다. 목만 축이고 물러나 앉으며 이제 우리 엄마가 젖이 많다는 말은 내지 않겠다고 속다짐을 했다.

어머니가 잡아준 새

어른이라지만 어머니는 유난히 신발이 잘 벗겨졌다. 매사에 마음이 앞섰다. 어머니는 농부로, 주부로, 6남매의 어미로 늘 쫓기는 사람처럼 바빴다. 흰 고무신이 벗겨졌는데도 곧장 내달리는 바람에 뒤따르던 내가 주워준 적도 있었다. 무슨 다급한 일이라도 벌어졌는가 싶어 쫓아가보면 별로 대단한 일도 아니었다. 고작 아버지에게 농기구를 전해준다든가, 학교 가는 형들을 붙잡아 도시락을 안겨주었다. 노년에도 집에 비설거지거리라도 두고 출타하는 길에는 멀쩡한 구름이 집으로 달려간다고 노심초사였다.

나는 오랫동안 어머니의 조급증을 아버지 탓으로 여겼다. 아버지는 어머니를 늘 닦달하여 들로 부엌으로 달려다니게 하였다. 그러다가 때로는 어머니가 손 거들어줄 딸을 여럿 못 낳고, 아들을 다섯이나 낳아서 그러는 건 아닌가 싶기도 했다.

어머니는 술 담배를 못 하는 대신 욕을 잘했다. 8할은 어머니 자신에게 쏟아내는 욕이었으니 그것은 자책이고 한탄이랄 수 있었다. 그중 으뜸은 앞서도 말했지만 아들을 다섯이나 낳은 신세한탄이었다. 가끔 나에게 "너라도 밑 찢어져 나왔으면 숨 좀 돌리고 살았을 건디……" 하곤 했다. 그건 셋째형 때부터 다섯째인 나까지 한 자 틀리지 않고 내림한 얘기였다. 어린 마음에도 아들로 태어난 게 죄스러웠다. 마을에 아들 넷을 둔 집안이 있었는데, 그 집 형제들은 물 긴고 빨래하고 불 지펴 밥 짓는 일을 잘 거들었다. 어머니는 그 집 형제들을 늘 부러워했다. 어머니는 우리 형제들을 닦달하면서 그 집 아이들 똥구멍이나 빨라고 소리치곤했다. 나는 가능하면 딸 역할을 하려고 부엌을 얼쩡거리는 편이었다. 여자가 귀한 집에서는 딸 역할을 하는 아들이 나온다는데 내 경우가 그랬다. 어머니는 아들에 대해서는 이중적인 자세를 취했다. 자식들이 부엌을 드나드는 걸 끔찍이 싫어했다.

부모님은 싸움이 잦았다. 내 눈에 부부싸움은 늘 불공정했다. 아버지가 일방적으로는 부리는 행패처럼 보였다. 아버지가 장독을 깨고 상을 내던지면 어머니는 쫓아다니며 살림을 하나라도 건사하려고 애썼다. 그 점에서도 어머니는 4형제를 낳은 마을 아주머니를 또 부러워했다. 그 집도 부부싸움이 잦고 요란하기로 유명했다. 그 집 부부싸움은 우리집과는 달라서 부부가 함께 가재도구를 박살냈다. 남편이 라디오를 마당으로 내던지면, 아내가 밥통을 집어던지는 식이었다. 이튿날에는 두 부부가 나란히 장으로 가서 새 라디오와 밥통을 사왔다. 어머니는 그 집 아주머니의 배포를 부러워했다. 왜 자신은 그 집 여자처럼 물건을 못 부수느냐는 거였다.

어느 날은 싸움이 심해서 다툼 끝에 어머니가 외가로 가버렸다. 어머니는 며칠이 지나도 돌아오지 않았다. 아버지는 자존심이 세고, 외가 어른들에게 몇 차례 경고를 받은 전력이 있어서 어머니를 찾아 나설 엄두를 못 냈다. 할머니가 대신 부엌일을 돌봐주었고, 나는 곁에서 거들어야 했다.

할머니와 나는 부엌에서 자주 신경전을 벌이고 다투기도 했다. 할머니나 나나 주부 없는 비정상적인 상황을 견디기가 힘겨웠으리라. 하루는 할머니와 싸운 끝에 어머니가 있는 외가를 찾아갔다. 외가는 아이 걸음으로 사십여 분 걸으면 닿을 수 있는 이웃 마을이었다. 나는 외가 마당에 서서 방안에서 흘러나오는 이모들의 웃음소리를 들었다. 어머니에 대한 그리움이나 반가움보다도 외려 외가의 단란하고 안온한 분위기에 반감이 들고 뒤미처 소외감이 밀려왔다. 혹시 어머니가 외갓집에서 천덕꾸러기 신세는 아닐까 하는 의구심도 들었다. 나는 어머니를 소리쳐 불렀다. 방안이 조용해지더니 머잖아 막내이모가 마루로 나왔다. "너 혼자 왔냐?" 하며 이모는 까치발로 사립을 살폈다. 나는 고개를 끄덕였다. 외할머니와 큰이모가 마루로 나왔다. 어머니는 아버지가 함께 온 줄 알고 나서지 못하는 눈치였다. 외할머니가 아버지가 보내더냐고 물었다. 나는 고개를 저었다. 홀로 어머니를 찾아온 어린놈이 조금은 갸륵하다는 표정들이었다.

막내이모가 어서 방으로 들자고 손을 끌었다. 손을 슬며시 뿌리치고 마당에서 꿈쩍도 하지 않았다. 이모들은 제 아버지를 닮아 고집도 세다고 쑥덕거렸다. 그제야 어머니가 마루로 나왔다. 어머니를 보자 그동안 참고 있었던 설움이 솟구쳤다. 어머니가 어깨를 토닥이며 방으로 들자고 했다. "집에 가자고!" 나는 버릇없는 아이처럼 소리쳤다. 사실 나는 구멍난 양말을 신고 있었고, 그 틈으로 비어진 발꿈치는 며칠째 씻지 않아 까맸다. 그게 부끄러워서 도저히 방으로 들 수 없었다. "야가 한번 고집을 부리면 누구도 못 당해." 어머니는 집으로 돌아갈 핑곗거리를 잡은 듯 쭈뼛거리며 슬리퍼를 벗고 고무신으로 갈아 신었다.

어머니가 돌아오고 곧바로 땔감을 장만하는 철이 돌아왔다. 농가에서는 가을걷이 끝나고 무서리 내리기 전에 땔감을 장만해야 했다. 김장과 더불어 땔감 장만은 월동을 준비하는 농가의 대사였다. 숲이 발달하지 않은 고향에서 귀한 장작을 땔감으로 쓰는 집은 드물었다. 대부분이 콩대나 볏짚 같은 농사 부산물이나 풋나무, 솔가리, 오리나무 따위의 갈잎을 긁어모으다가 땠다.

해마다 어머니는 마을 뒤 야산에서 낙엽을 긁었다. 그 산에는 애장 터와 피막 자리가 있어서 낮에도 무서운 곳이었다. 청년들은 밤중에 그 산을 완주해 오는 것으로 담력시험을 하곤 했다. 또한 산감이 수시로 감시를 도는 코스이기도 했다. 무섬증을 덜려고 어머니는 별 쓸모도 없는 나를 꼭 데리고 나무를 하러 다녔다. 땔감 장만은 아무리 부지런을 떨어도 열흘은 족히 걸렸다. 아침부터 오후까지 낙엽을 긁어모아서 묘처럼 쌓아두었다가 해거름에 망태에 담아 집으로 날라야 했다. 옮기는 작업이 밤으로 이어지는 날에는 손전등을 밝히고 그 무서운 산을 오르내려야 했다. 아직 아버지와 온전한 화해기 인 돼서 어머니의 그해 땔감 장만은 더욱 힘겨웠다.

어머니가 나무를 하는 동안 나는 시야가 트인 못자리나 산길에서 어머니를 기다려야 했다. 갈퀴 소리가 멀어지면 나는 그늘 깊은 뒷간에 앉은 아이처럼 소리쳐 어머니를 찾았고, 반대로 어머니가 정적을 못 견뎌 내 이름을 부르곤 했다. 어린 내게는 무료하고 힘든 일과였다.

사흘째 되는 날인가 오리나무숲으로 막 들었던 어머니가 손아귀에 뭔가를 감싸쥐고 나왔다. 난데없는 새였다. 눈을 뒤룩거리는 놈은 산비둘기보다 작고 때까치보다는 컸다. 부리는 매처럼 날카롭고 머리와 가슴은 온통 황갈색이었다. 어머니는 억새풀숲에서 그 새를 잡았다고 했다. 나는 조심스럽게 받아 두 손으로 날개를 감싸쥐었다.

"이름이 뭐다?"

"……자지 물어 갈 새제 뭐겠냐."

"뭐라고?"

귀를 의심하며 어머니를 빤히 쳐다보았다.

"아, 자지물어갈새랑게. 어디 가지 말고 고것 갖고 놀고 있어야."

어머니는 퉁명스럽게 말하고는 다시 숲으로 들어갔다. 나는 파닥거리는 새가 도망갈세라 두 손으로 날개를 감싸쥐고 어쩔 줄 몰랐다. 이윽고 새가 순해지자 가만히 고무줄 바지를 내렸다. 나는 소리를 빽 지르면서 자지러졌다. 그 서슬에 새가 날아가버렸는데 나는 울면서 아랫도리를 보고 또 보았다. 어머니가 숲에서 뛰어나왔다.

"참말로 꽉 물어부렀다."

나는 울먹이며 말했고, 어머니는 바지를 훌떡 끌어올려주며 등짝을 맵게 내질렀다.

"워매, 썩을 놈! 뭘 지랄한다고 고걸 새한테 내보이냐!"

하며 사색이 되어 내 바지를 거친 손으로 훑어내리는 거였다.

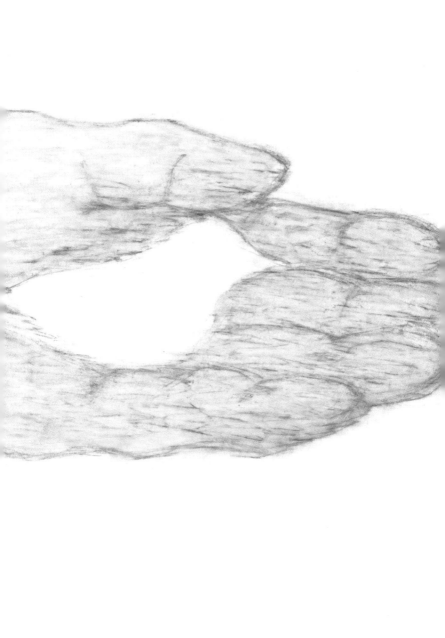

아버지의 셈법

농사를 지으며 6남매를 길러야 했던 아버지의 인생은 반 토막 인생이었다. 담배 한 개비도 두 번으로 나누어 피웠고, 막걸리도 늘 반 되를 받아다가 드셨다.

초등학교 1학년 어느 날, 아침밥상머리에서 나는 학교에 가지 않겠다고 징징거렸다. 그날은 학교에서 두발검사가 있는 날이었다. 아버지는 평소 동네 공용 바리캉을 빌려다가 우리 형제들 머리를 손수 깎아주셨는데, 때가 모내기철이라 내 머리 깎아줄 엄두를 못 내셨다.

"이 정신없는 시국에 무슨 애기들 머리통 검사시래냐? 오늘은 그냥 가고 돌아오는 공일날 해준다니께 그런다."

급기야 나는 집을 나섰다. 마을을 돌아다닌 끝에 친구 집으로 가 있는 공용 바리캉을 빌려왔다. 바리캉을 들고 나타나자 아버지는 마지못해 숟가락을 놓고 일어났다. 기름을 둘렀는데도 바리캉이 머리카락을 뜯다시피 해서 나는 눈물을 질금거렸다. 온 동네를 돌아다니는 기계다보니 그럴 만도 했다. 내 머리를 똑바로 세우는 아버지의 손길도 짜증으로 평소보다 매웠다. 오른편 귀밑 머리부터 정수리까지 머리를 반이나 깎았을 때였다. 머리가 통째로 뽑히는 고통에 나는 비명을 지르며 일어섰다.

"안 되겠다. 일단 학교에 갔다 와라. 기계 고쳐서 이따 저녁에 마저 해줄 거구마."

나는 아버지를 빤히 쳐다보았다. 어머니가 이발소로 보내라고 말했다. 아버지는 내 손에 동전 200원을 쥐여주었다. 당시 어린이의 이발 비용은 500원이었다. 어이가 없어서 아버지를 다시 쳐다보았다.

"반만 깎아주고 제값을 다 받으면 그 이발사는 도둑놈이제."

나는 울상이 되어 200원을 쥐고 먼 거리로 넘어갔다. 그러나 이발소 의자에 앉아보지도 못하고 쫓겨났다.

"아가, 나가 니가 미워서 하는 말이 아니다이. 니도 생각해봐라. 대머리 머리 깎아주는 디 면적 따져 돈을 받더냐? 뭔 말인 중 알겠제? 느그 부모님한테 나가 그러드라고 역부러 전해라이."

이발사는 돈도 돈이겠지만 집에서 손수 이발을 해주는 촌사람들이 얄미웠을 것이다. 나는 운동복 상의를 덮어쓰고 교실에 앉았다. 선생님이 머리에 둘러쓴 옷을 강제로 벗겼다. 교실이 한바탕 웃음바다가 되었고, 나는 아이답지 않게 오래 통곡했다.

저녁에 아버지는 귓등에 꽂은 꽁초를 뽑아 말없이 태우셨다. 어린 자식에게 큰 상처를 안겼다고 여기신 모양이었다. 아버지는 일년에 쌀 한 말씩을 주기로 하고 단골 이발소를 잡았다. 우리 형제들은 그곳에서 눈치보지 않고 언제든지 머리를 깎을 수 있었다.

유구한 거짓말

아버지는 약주를 드신 저녁이면 어린 자식들을 무릎 앞에 앉혀놓고 난데없이 역사공부를 시키곤 했다. 고구려를 건국한 양반이 누구냐? 백제는 누가 세우셨느냐? 들큼한 막걸리 냄새를 풍기며 묻는 모습은 평소 때와는 사뭇 달라 비장하고 꼿꼿했다. 그래서 어린 나이에도 나는 아버지의 행동이 술주정인 줄 알았다.

아버지가 항상 그러신 건 아니었다. 모처럼 읍내에서 동무들과 어울렸다 오신 날만 그랬다. 그런 밤은 고달팠다. 그때도 그렇고 지금도 나는 당신께서 자식들에게 큰 포부를 심어주려는 호기로 그러셨으리라 믿지 않는다. 아마도 읍내의 잘된 친구들에게서 받고 온 열패감에 그랬으리라.

건국영웅들에 대한 문답 말고도 아버지의 주정 레퍼토리는 더 있었다. 먼 조상님에 대한 전설 같은 이야기였다. 우리 집안에 임금님이 하사한 효자상을 받은 할아버지가 한 분 계시는데 그분이 큰 상을 받게 된 내력을 구구절절 늘어놓으셨다. 엽기적이고 환상성까지 갖춘 그 이야기는 두고두고 들어도 흥미로웠다.

병든 노모를 모시고 살던 가난한 아들이 있었다. 어느 날 어머니가 고기를 먹고 싶다 하여 자신의 둔부를 도려내어 구워 드렸다. 뒤에 안 사실이지만 이런 기담은 너무나 흔했다. 어쨌든 그 할머니가 식탐이 많았던 모양이다. 또 어느 겨울에는 수박을 주문했다. 아버지는 결코 그 할머니를 철없고 걸신들린 노인네로 묘사하지 않았다. '아이고, 나가 수박 한 조각만 묵으믄 병을 훌훌 털고 일어나겠는디……' 하고 푸념처럼 말씀을 했다는 것이다. 노모의 심중까지 헤아리는 효심 깊은 아들은 구할 길 없는 여름 과실을 찾아 나선다. 들과 산을 헤매고 배를 띄워 바다로도 나갔다. 그러다가 어느 섬에서 까마귀들 소리로 수런수런한 대숲을 발견한다. 대숲에 들자 깨진 항아리가 있고, 그 항아리를 보금자리 삼아 자란 수박 넝쿨에 요강만한 과실이 벌겋게 벌어져 있었다. 이미 까마귀들이 반이나 쪼아먹은 수박이었다. 아들이 거둬다가 노모에게 드렸더니 그 길로 자리를 털고 일어났다.

나는 머리가 굵어서 그 얘기를 들을 때면 임금에게 받은 상장이 지금 어디 있느냐고 아버지께 묻고는 했다. 아버지는 가문의 무슨 대단한 비밀을 알려주듯 은근한 목소리로 말했다. 그 상은 집안에 대대로 전해져 오고 있는데 지금은 큰집에 있다는 것이다. 나는 그러려니 했다. 좀더 자라서 불현듯 그 얘기가 떠올라 다시 아버지께 효자상의 존재를 물었다. 아버지는 여전히 태연하셨다. 어느 선대에서 화재로 타고 반만 남았다가 또 그 후손 어느 할머니 대에서는 문풍지 찢어진 데를 때우느라 쓰셨다는 것이다. 그후 겨우 임금의 옥새가 찍힌 부분만 문풍지에서 수습하여 지

금은 큰집에서 보관하고 있다고 했다.

그 이야기를 제삿날 큰아버지에게서도 들었으므로 말짱 헛된 이야기라고도 할 수 없다. 우리 집안 어느 형제도 그 유물을 직접 눈으로 확인한 사람이 없으니 사실이라 믿을 수도 없다. 나는 그 이야기의 진위가 더 궁금하지 않았다. 다만 아버지가 그처럼 기승전결이 뚜렷한 이야기를 들려줄 수 있다는 사실이 재미있었다. 평소 농담으로도 거짓을 지어낸 적 없는 아버지가 왜 술기운을 빌려 그런 이야기에 매달렸는지 궁금하기도 했다.

뒷날 큰아버지와 아버지가 배가 다르다는 사실을 나는 알게 되었다. 모르긴 해도 아버지는 자라면서 태생에 대한 풀 수 없는 고뇌와 서러움이 있었을 것이다. 아버지가 취중에나마 건국영웅을 묻고 효자 조상님을 얘기한 것은 결국 뿌리에 대한 열망과 집착이 아니었을까?

아버지는 사연 많은 고향을 멀리 떠나 지금은 연고 없는 고장에서 노년을 보내고 계신다. 슬하에 6남매를 둔 당신은 밑으로 후손을 스물여섯이나 거두셨다. 말 그대로 일가를 이룬 셈이다. 흉중이야 알 수 없지만 아버지는 젊은 시절에 가졌을 뿌리에 대한 깊은 열패감에서 어느 정도 벗어난 듯싶다. 용돈이 적다는 주정은 하셔도 그 유구한 가문의 전설은 더이상 꺼내지 않는다. 그렇다고 그 전설이 우리 집안에서 온전히 사라진 것은 아니다. 명절 같은 날 우리 형제들이 자식들에게 겪은 듯이 전하고 있다. 그런 때 아버지는 멀찍이 떨어져 앉아 흐뭇해하신다. 아마도 소싯적에 당신도 제삿날 저녁이면 그런 얘기를 들었는지 모른다.

그리움은 때로 묻힌다

섣달에 있는 삼촌 기일은 벌써 사십 년 묵은 제사가 되었고, 유월에 있는 할머니 제사도 어느덧 이십 년에 접어들었다. 삼촌은 서른을 갓 넘긴 젊은 나이에 저쪽 사람이 되었다. 내 나이 여덟 살 때였다. 신접살이 일 년을 채 못 넘기고 깊은 병으로 누운 끝이라 그는 슬하에 자식을 두지 못했다.

삼촌은 당시로서는 꽤나 늦은 결혼을 했다. 떠돌이 반건달생활을 전전하는 막내아들을 걱정하던 할머니가 아버지의 옆구리를 찔벅여 억지로 성사시킨 결혼이었다. 아무래도 가정을 꾸려 주저앉히면 마음을 잡으리라 믿었던 모양이다. 그러나 이른 나이부터 이력을 쌓은 삼촌의 음주는 이미 그 중독이 심하였다. 시시때때로 막소주를 대접으로 들이켜고 물 한 모금으로 입가심하는 주법으로 그는 기운을 차리고 있었다.

무슨 사연인지 그날의 혼례식은 신랑집에서 치러졌다. 잔치는 별로 떠들썩하지 않았다. 밤이 되어서야 그나마 혼인집다워졌다. 삼촌의 친구들이 안방을 차지하고 앉아 짓궂은 장난으로 신랑

신부를 괴롭혔다. 그들은 신부의 노래를 듣겠노라 삼촌을 거꾸로 매달고 발바닥에 방망이를 안겼다. 신부는 분홍빛 한복 차림으로 아랫목에 앉아 삐질삐질 땀을 흘리고 있었는데, 나는 그 안타까운 모습을 지켜보느라 눈총을 받아가면서도 어른들 틈에 끼여 앉아 있었다. 신부는 끝내 노래를 부르지 않았다.

어느 순간 신부가 오랫동안 참은 소피를 누러 가는지 슬그머니 자리를 떴다. 나는 신부가 앉았던 방석으로 냉큼 옮겨 앉았다. 놀랍게도 방석은 척척하게 젖어 있었다. 술이나 물을 엎질렀나 생각했으나 이내 나는 오줌 눈 흔적이라는 걸 알아차렸다. 어린 생각으로도 신부가 불쌍해 나는 그 방석을 남들 모르게 상 밑으로 깊숙이 밀어넣고 밖으로 나왔다. 신부는 뒤란 돌아가는 나뭇더미 옆 어둠 속에 서 있었다. 속곳을 벗어 손에 든 그네는 나와 눈이 마주치자 기겁을 하는 눈치였다. 나는 쪼르르 달려가 숙모의 손에서 젖은 옷을 빼앗아들고 솔가리 나뭇단 속에 찔러넣고 도망치듯 돌아왔다.

삼촌은 재 너머 마을에서 신접살이를 했다. 나는 매일 동생과 함께 작은집으로 놀러 갔다. 삼촌은 거의 집에 보이지 않았고 숙모가 함께 놀아주었다. 숙모는 주전부리 음식을 만들어주고 우리를 데리고 우물로 가거나 때로 소꿉놀이까지 함께해주었다. 해질녘이 되어 집으로 돌아올 때는 늘 우리 손에 동전을 쥐여주었다. 숙모와 이야기를 나눈 기억은 없다. 단지 여느 어른들과 달리 우리와 아주 잘 통했다는 느낌만은 선명히 남아 있다.

삼촌이 들것에 실려 우리집으로 돌아온 후부터 우리는 더이상

숙모의 모습을 볼 수 없었다. 오랫동안 집안에서 삼촌이나 숙모의 존재를 입에 올리는 일은 없었다. 매년 섣달 어느 하룻밤이면 할머니가 보름달빵에 촛불을 올린 제상을 차가운 툇마루에 차리는 쓸쓸한 풍경만이 있을 따름이었다. 난 수시로 숙모를 그리워했다. 이 세상에서 제일 예쁘고 마음씨 고운 여자는 숙모라는 환상을 소중히 간직한 채 자랐다.

훗날 할머니의 수의를 짓는 어머니에게 혹시 숙모 소식을 아느냐고 여쭈었다.

"오 년 전인가 득량도에서 한 번 만났느니라. 야속도 하지."

어머니는 그 몇 해 겨울 동안 득량도라는 섬의 미역공장으로 일을 다녔다. 어머니는 그 미역공장에서 그네를 만난 것이다. 남편이 두고 온 구두를 찾으러 왔다며 그 초로의 여인은 황급히 자리를 떴노라 한다. 재가해 딸을 셋 두었다는 이야기도 어머니는 전해주었다. 남편이라는 사내도 역시 술로 망가진 위인으로 미역공장에서 며칠 만에 쫓겨났다는 말을 혀를 차대며 옮기던 어머니는 "원래 좀 부족한 여자였다만 아무리 그렇기로서니 남편 복이 그렇게도 없을꼬" 하는 말을 푸념처럼 덧붙였다.

"원래 부족하다니요?"

나는 적이 놀라서 되물었다.

"너희 삼촌 형편에 제대로 된 혼처는 못 잡았지. 부족해도 착한 것 하나만 보고 들였다만 그저 하는 짓이 어린애처럼 딱했어."

나는 혼례식날 밤의 이야기를 지금껏 가족 누구에게도 들려주지 않았다.

선물

　며칠 전에 식당에 갔다가 신발을 잃어버렸다. 조카에게 선물로 받은 새 운동화였다. 식당 신발장에는 내 운동화와 똑같은 색상과 문수의 낡은 신발이 남아 있었다. 앞부리와 밑창이 나달나달했고, 한 짝은 깔창도 달아나고 없었다. 어느 손님이 무심결에 바꿔 신었다면 발을 넣어보는 순간 느낌으로라도 금방 알아챘을 것이다. 고의로 바꿔갔다고밖에 볼 수 없었다.

　나는 신발을 오래 신는 편이라 새 신발을 장만하면 마치 평생 신을 것처럼 한동안 애지중지한다. 그런 신발을 잃으니 아주 소중한 물건을 망실한 것처럼 허탈했다. 혹시나 술기운에 잘못 신고 갔다면 돌아올 수도 있겠거니 싶어 식당 카운터에 연락처를 남기고 헌털뱅이를 끌고 돌아왔다.

　운동화를 잃고 나서는 며칠 동안 운동이나 산책도 나가지 않았다. 아내가 좀팽이라 이죽거려도 어쩔 수 없었다. 현관에 놓인 헌털뱅이를 볼 때마다 "에잇, 더러운 발목대기!" 하고 절로 욕이 나왔다.

초등학교 4학년 추석에 처음으로 운동화를 선물 받았는데 그 운동화에 발을 넣고 첫 걸음을 떼던 감촉을 잊을 수 없다. 달밤에 아이들이 노는 공터로 나가면서 나는 부러 발을 탕탕 구르고 갔다. 그전까지는 고무신을 신었는데 나는 신발을 제 몸에 지닌 물건 중에 가장 소중히 여겼다. 신발을 잃고서는 집에 돌아갈 수 없다는 생각까지 갖고 있었다. 윗세대들처럼 닳을세라 들고 다니지는 않았지만 다른 아이들처럼 부모에게 새 신발을 사내게 하려고 멀쩡한 것을 학교 콘크리트 계단에 문질러대는 짓도 하지 않았다.

초등학교 1학년 장마철에 집으로 돌아오다가 먼 거리에서 고무신 한 짝이 벗겨져서 하수구 틈으로 흘러들고 말았다. 나는 그자리에 서서 어쩔 줄 몰랐다. 어떤 나이든 부인이 다가와 아가, 왜 우느냐고 물었다. 목사 사모님이었다. 그분은 나를 다독이며 신발가게로 데려가 고무신 한 켤레를 사주었다. 가족이 아닌 사람한테서 그런 호의를 받아본 건 처음이었다.

이튿날 어머니가 신발값을 들려서 사모님에게 전하라고 하였다. 마침 주일이라 교회에 갔을 때 한창 예배를 보는 중이었다. 나는 예배당 뒷자리에 앉아 낯선 예배 풍경에 눈을 두리번거렸다. 초등부 학생 하나가 상을 받았다. 친구들을 전도해왔다고 하여 선물을 주는데 3단짜리 플라스틱 사진액자였다. 몹시 부럽고 탐났다. 그 길로 초등부에 등록했다.

다음 주일에 마을 친구들 셋을 데리고 교회로 갔다. 초조한 마음으로 선물 받을 시간을 기다렸다. 드디어 목사님 앞으로 불려

나가 선물을 받게 되었다. 그런데 선물은 사진액자가 아니라 공책 세 권이었다. 내가 바라는 선물이 아니었으므로 예배가 끝났을 때 나는 목사님을 다시 찾아가 사진액자를 달라고 말씀드렸다. 목사님은 사진액자는 다섯 명을 전도해야만 받을 수 있는 선물이라고 하였다. 낙담을 한 채 서 있는 내 모습이 안쓰러웠던지 목사님은 사진액자를 손에 들려주었다.

3단 사진액자에는 예수님의 성화가 담겨 있었다. 지금껏 받아본 선물 중에 최고였다. 집으로 가져와 방에 걸어두니 자랑스러웠다. 나에게 무슨 신앙심이 있었던 건 아니다. 성화가 든 사진액자는 방에 걸린 어떤 소품보다도 값지고 품위 있어 보였다. 그런 것을 내 손으로 받아다가 걸어놓으니 흐뭇하지 않을 수 없었다.

이튿날 학교에서 돌아와 액자를 보고 깜짝 놀랐다. 예수님의 성화들은 온데간데없고 셋째형 사진으로 바뀌어 있었다. 수학여행에 가서 불국사 앞에서 찍은 사진, 머플러를 목에 두르고 전봇대에 기대서 한껏 멋을 부린 사진, 하트 모양 속에 '우정'이라는 글씨와 함께 교복 입은 친구 셋과 찍은 사진으로 개비되어 있었다. 결국 형이 내 선물을 접수한 것이었다. 소중한 선물이 훼손당한 느낌을 떨칠 수가 없었다. 한참 제멋에 빠진 형을 당해낼 재간이 없었다.

담배의 스승들

도둑질도 배우고 술도 배우는 것이니 담배를 배운다는 말이 이상한 건 아니다. 시어머니가 며느리에게 담배를 가르친 집이 있었다. 그 집 아저씨는 석축을 쌓는 기술자였는데 주로 간척지 공사장으로 몇 년째 나돌고 있었다. 며느리가 연기를 목구멍으로 못 넘기고 징징 짠다고 그 집 할머니가 동네 사람들한테 얘기해 쌓더니 하루는 그 집 아주머니가 우물에서 빨래 함지를 앞에 두고 태연히 담배를 태우는 모습을 볼 수 있었다.

고부간에 담배를 권하는 일은 흔했다. 대개는 청상이 된 며느리에게 가르쳤으나 남자가 직업상 장시간 외유하거나 작은댁을 두었거나 술과 병마에 곯아서 있으나 마나 한 경우에도 시어머니는 며느리에게 담배를 권했다. 흡연은 여인네들이 적막한 세월을 견디는 방편이었다.

그런 시절이어도 흡연의 해악을 모르거나 사회적 금기가 전혀 없었던 건 아니다. 아이들이나 처자들이 담배를 가까이 하는 걸 금했다. 어린 시절 기억 가운데 어머니가 부지깽이를 높이 들고 울타리 너머 뒷집 칠이 아저씨 집으로 쳐들어가던 모습이 선연하다. 열일곱 살 난 큰형이 뒷집 총각과 얼려서 몰래 담배를 피우다가 발각된 것이다.

여성 흡연자가 느니 주니 하는 뉴스가 간간이 가십거리가 되는 것을 보면 우리 사회가 여전히 여성들의 흡연에 남다른 금기와 편견을 가지고 있는 듯싶다. 여성 흡연은 생산이 끝난 여성에 한해서, 그것도 사내의 빈자리를 대신하였을 때 공공연히 묵인되었다. 그래서 담배 피우는 여자는 장죽을 문 할머니들처럼 마치 여성으로서 성性 정체성을 잃은 인격체로 이미지화하기도 했다.

할머니는 애연가였다. 아흔네 해를 사셨는데 기력이 쇠한 말년 몇 해를 제하고는 손에서 장죽을 놓지 않았다. 할머니를 떠올릴 때면 엽초를 재고 장죽을 빨던 모습을 지울 수 없다. 할머니는 마을을 찾는 담배 장수한테 '봉초_{封草}'를 꾸러미로 사서 쟁여놓고 태우셨다. 손들이 내미는 선물은 거개가 담배였고, 당신도 담배 선물을 가장 기꺼워했다. 장죽 문 할머니의 소일에서는 나슨한 시간이 느껴지고, 어린 눈에도 그 적연寂然한 정취가 좋았다. 할머니가 언제부터 담배를 가까이했는지 모른다. 후취로 들어와 이른 나이에 청상이 되고 생때같은 아들 하나를 앞세운 내력을 지녔으니 아마도 그 이력이 꽤 오래되었지 싶다.

성냥도 아끼던 시절이라 할머니는 화로나 아궁이 잿더미에서 담뱃불을 구했다. 나는 여덟 살 무렵부터 담뱃불 심부름을 하느라 아궁이 앞에 쪼그려 앉곤 했다. 할머니가 장죽에 엽초를 재서 주는 것을 아궁이로 가져가 잿불을 뒤적였다. 쉬 불이 옮지 않아

볼을 발씸거리며 입안 가득히 연기를 뽑아낸 연후에야 일어설수 있었다. 불을 건사해서 안방까지 무사히 배달하는 일도 또한 만만찮았다. 불이 꺼질세라 연하여 장죽을 빨아야 했다. 혹여 사립에 집안 어른을 찾는 손님이라도 얼굴을 내밀면 여간 곤욕이 아니었다. "아부지 계시냐?" 하고 손이 물으면 "감은돌이재 너머 밭에 가셨는디요" 해놓고 나는 장죽을 깊이 빨았다. 대화가 더 이어지는 동안에도 나는 태연하게 대화 간에 장죽을 빨았다. 누구도 내가 장죽을 물고 있는 걸 탓하지 않았다. 외려 할머니 잘 모시는 아이라고 칭찬했다. 할머니한테 장죽을 넘길 때는 이래저래 예닐곱 모금은 오롯이 내가 해내고 난 뒤였을 것이다.

초등학교 3학년 무렵에 객지로 떠돌던 삼촌이 병들어 실려왔다. 삼촌은 변변한 직업도 없이 껄렁하게 놀다가 가끔 돈이 아쉬우면 집을 찾는 천덕꾸러기였다. 삼촌은 모방에 격리되어 병구완을 했는데, 아버지는 자식들을 불러놓고 삼촌에게 술과 담배를 드려서는 안 된다고 단단히 주의를 주었다. 그러면 삼촌이 죽는다는 거였다. 삼촌이 방을 차지해서 나는 이웃에 있는 큰집으로 가서 사촌들과 함께 잤다. 삼촌은 나를 별로 좋아하지 않았다. 뒷날 들은 얘기이지만 삼촌은 내가 다른 형제들보다 욕심이 많다고 노상 혀를 찼다고 한다.

늦가을 시향제 전날 형제들이 삼촌과 제수음식 이야기를 나눈 적이 있다. 형들이 "삼촌, 내일 난 뭘 줘요?" 하고 설레어 물으면 삼촌은 "니는 사과를 주마, 니는 배를 주고, 그리고 막둥이 니는 유자를 줄게" 하며 형제들을 일일이 챙겨주고는 나만 쏙 빼놓

왔다. 내가 뾰로통해서 무엇을 줄 거냐고 물으면 "니는 국물도 없어야" 하고 골렸다. 그 말이 두고두고 서러웠다. 나는 삼촌이 날 사랑해주었으면 싶어서 비굴할 정도로 더 애교를 떨곤 했다. 아마 삼촌은 그 모습이 더 영악스러워서 정나미가 떨어졌는지도 모른다.

어쨌든 삼촌은 긴 투병생활 동안 술과 담배를 못 해 고통을 겪었다. 그 문제로 아버지와 티격태격하는 일이 잦았다. 가끔 삼촌은 살그머니 문을 열고 손짓해 나를 부르곤 했다. 뒷집 칠이 아저씨한테 담배를 얻어다달라는 거였다. 처음 몇 번은 거절했다가 한번 심부름을 해준 뒤로 자주 그짓을 하게 되었다. 아직 죽음을 모르는 나이였다. 나는 아주 단순한 생각으로 그 비밀스런 수발을 들어주곤 했다. 삼촌이 차차 병을 털면 나를 가까이해주리라 기대했다.

담배 나르는 짓은 오래 못 가 아버지에게 발각되었다. 칠이 아저씨는 더는 담배를 내놓지 않았다. 나는 면 거리에서 꽁초를 주워나르고, 돈을 훔쳐내서 담배를 사기도 했다. 그런 삼촌이 채 이태를 못 버티고 세상을 떠났을 때 더없이 황망하고 억울했다. 사춘기 때 자의식이 깊어지면 자신이 나쁜 피를 타고난 것은 아닐까 의심하기도 하는데 나는 삼촌의 숨겨진 자식인지 모른다는 망상에 빠지곤 했다.

담배와의 연이 각별하다고 해서 내 흡연생활이 일찍 시작된 것은 아니다. 고등학교 시절에 학교 앞에서 자취를 한 덕에 담배 피우는 친구들이 내 방을 마치 흡연실처럼 이용했어도 나는 담배를 입에 대지 않았다. 흡연에 대한 죄의식보다는 단지 흡연 욕구가 없었다.

내가 담배를 입에 댄 것은 대학 입시를 치르기 전날 밤이었다. 지방 출신이라 학교 근처에서 하룻밤을 묵어야 했는데 여관방을 얻지 못해 다른 손님방에 얹혀서 하룻밤을 보내게 되었다. 동숙인은 연극과에 시험을 치러 온 스물넷의 만학도였다. 이미 극단에서 몇 년 경험을 쌓은 그는 단번에 나를 주눅들게 했다. 내가 방 한구석에서 어정쩡한 자세로 문제집을 꺼내놓고 앉아 있자 그가 "맥주나 한잔합시다" 하고 앞장섰다.

그가 나를 데려간 곳은 '태양의 길목'이라는 카페였다. 다방에는 가봤어도 그런 카페는 처음이었다. 그는 자연스럽게 맥주를 시켰고 나는 속이 안 좋다는 핑계로 우유를 시켰다. 실제로 시험을 앞두고 여관방을 찾아다니느라 긴장한 탓인지 저녁을 먹은 후 속이 불편했다. 우유를 주문해놓고 나는 왠지 쪽팔린 느낌에 사로잡혔다. 그때 그가 담배를 권했다. 아마 그는 문학도인 내가 당연히 담배를 피우는 줄 알았던 모양이다. 더는 쪽팔려서는 안 될 것 같아 나는 담배 개비를 빼들었다. 의외로 많은 흡연자들이 그 알량한 자존심 덕에 담배의 포로가 되었다는 사실을 뒷날 알게 되었다. 그가 내민 라이터에 담뱃불을 붙이고 한 모금 깊게 빨았다. 조금 어지러웠으나 기침 따위는 하지 않았다. 긴장감이 풀리고 마음이 더없이 편안해지는 느낌이었다. 나는 카페를 나서며 카운터에서 담배 한 갑을 주문했다. 이튿날 시험을 치를 때 쉬는 시간이면 복도로 나와 담배를 두 개비씩 피우고 들어갔다. 그 길로 나는 담배를 꽤 즐기는 골초가 되었다.

간혹 담배로 인해 건강이 염려스러울 때는 할머니를 떠올리며 위안을 삼곤 한다. 할머니가 담배를 그리 즐기면서도 아흔넷을 사신 걸 보면 나도 끄떡없을 거라고 말이다. 말년에 고향집을 찾을 때면 할머니는 서랍장에서 선물로 들어온 담배를 내놓곤 했다. "암만 내 속으로 드는 건 고것뿐이었는디……" 하고 담배를 더 못 태우게 된 처지를 아쉬워했다. 할머니가 돌아가신 후 나는 성묘 때마다 담배를 진설한다. 음식을 차려놓으면 할머니의 영이 실감나지 않는데 담배 연기가 피어오르면 할머니가 정말 앞에 와 있는 듯싶다. 그래서 생전에 할머니는 들어보지도 못한 '레종'이니 '에쎄'니 하는 국산담배라든가 '던힐'에 '말보로' 하는 양담배 이름까지 들려주고 산소를 내려온다. 그건 삼촌 묘지 앞에서도 똑같이 되풀이된다.

나는 입장이 바뀌어서 지금껏 친구 두엇에게 담배를 가르쳤다. 그들이 나보다 더한 골초가 되어가는 걸 보면 안타깝고 그들이 날 원망할라치면 흐뭇하다.

세상의 큰형들

내가 어렸을 때만 해도 부고는 심부름꾼이 전했다. 그 일이 우편집배원에게 넘어가더니 이제는 휴대폰 문자로 받아보는 시절이 되었다.

할머니는 아흔네 해를 사셨다. 할머니의 노년을 지켜보면서 인생이 고적하다고 느껴질 때는 할머니 앞으로 부고가 배달되었을 때였다. 할머니는 이미 이웃동네 출입을 못할 만큼 연세가 깊어서 문상이 힘들었다. 글을 읽지 못했던 할머니는 심부름꾼에게 부음을 전해듣고는 "그 양반이 그새 가셨구나" 하고 맥맥한 눈길이 되고는 하였다. 그리고 부고 봉투는 열지도 않은 채 집밖 돌담에 꽂아놓고 돌아섰다. 돌담에는 시간과 일기에 누렇게 뜬 부고들이 빽빽하게 꽂혀 있었다. 한 해가 저물 무렵에는 그 부고들을 한데 모아 골목에서 소지燒紙하듯이 태웠는데 그 모습 역시 고적했다.

할머니는 동기同氣가 모두 여덟이고 그중 맏이였다. 그분들을 다 뵙지는 못했다. 손아래 할머니 한 분과 막내할아버지는 더러

집을 방문하여 뵌 적이 있었다. 특히 '사고시 할머니'라는 분은 방물장수라 해마다 한두 차례는 마을 지나는 길에 우리집을 찾아 하룻밤 묵어가기도 하였는데, 머리 허연 할머니들끼리 서로 언니, 동생 하며 밤새 도란도란 말씀을 나누는 정경이 애잔했다.

어느 해부터 그분 발걸음이 뜸해지더니 이내 부음이 전해졌다. 할머니는 "순서가 바뀌었다"며 애통해하였다. 그 소리는 흔한 말이지만, 나는 세상 사람들 중에 할머니가 처음으로 가슴에서 토해낸 말처럼 여겨졌다. 막내아들의 주검을 손수 거두었을 때 할머니는 하늘을 향해 그렇게 소리치셨다. 몇 년 후 막내할아버지마저 부음을 전해왔다. 그때도 마찬가지였다. 할머니는 동생들을 그렇게 하나씩 앞세웠고 노년에는 문상마저도 가보지 못했다.

'한 가지에 나고 가는 곳 모른다'는 옛 노래 「제망매가」의 한 구절처럼 할머니의 그런 내력에 닿으면 인생이 더없이 쓸쓸하게 여겨졌다. 그렇지 않은가. 한때는 먹고 입는 것 두고 서로 투덕거리기도 했을 것이며, 어린 손으로 동생들 낯을 씻기고, 시집갈 때는 흩어지지 말고 다 같이 살자고 이불 두르고 다짐도 했을 것이다. 그 생의 허망과 쓸쓸함을 할머니는 어떻게 견뎌냈을까?

아직 우리 6남매는 부모님을 앞선 사람 없이 좋은 소식 나쁜 소식 전하며 살고 있다. 고맙고 행복한 일이다. 하지만 더러 병을 얻고 다쳐서 이제 마음으로 이별을 준비해야 할 때가 왔다. 몇 년째 앓고 있는 어머니는 창자 끊는 고통으로 낳고 젖 물려 길러낸 자식들을 알아보지 못한다.

몇 차례 달을 넘겨 입원한 어머니를 곁에서 간병한 이는 큰형

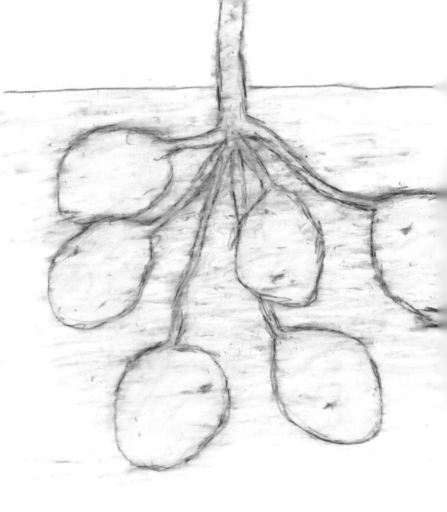

이었다. 그 역시 몇 년 전 교통사고를 당하고, 중병까지 덮쳐서 주위의 보살핌이 필요한 몸인데도 병원에서 먹고 자면서 어머니 곁을 지키고 있다. 형 덕분에 나머지 형제들은 잠시 어머니를 잊고 생업을 돌보며 편한 잠자리에 든다. 큰형은 미안해하는 동생들에게 말하곤 한다. "일이 없는 내가 어머니를 맡을 테니 걱정 마라."

주위 환자들이나 병원 사람들이 큰형을 입이 마르게 칭찬한다. 큰형은 그런 소리를 들어 마땅하다. 형은 어머니 간병에 생의 모든 사명을 건 사람 같다. 때로는 어머니와 큰형 사이에 비집고 들 틈이 없는 것 같아 은근히 섭섭할 정도다. 한편으로는 병 깊은 큰형이 어머니를 통해 제 남은 날들을 정리하고 있는지도 모른다는 무서운 생각이 들기도 한다.

어머니의 목숨은 나날이 꺼져가고 있다. 이분이 더이상 세속적인 의미에서 내 어머니가 아닌 것만 같을 때가 있다. 그저 어느 인생이 고단한 마지막 숨을 내쉬고 있는 것만 같다. 그럴 때면 형의 얼굴을 다시 보게 되고 불경을 저지른 자처럼 죄스럽다. 어머니를 향한 형의 절망이 느껴질 때면 어머니를 지켜보는 일보다 마음이 아프다. 이제 나는 형이 더 걱정이다. 어머니를 잃은 슬픔은 어찌어찌 극복해간다고 해도 큰형이 감내할 슬픔을 생각하면 두렵기까지 하다.

며칠 전 형이 말했다. "이제 어머니 보낼 마음 준비를 해야겠다."

할머니가 그립고 생이 무거울 때면 들던 생각, 생의 허망과 쓸쓸함을 할머니는 어떻게 견뎌냈을까? 하는 생각이 어린 아이들 곁에 누울 때면 문득 되살아난다. 이제 어렴풋이 짐작이 간다. 제 새끼 거느린 생은 고적한 대로 앞을 보며 견뎌내는 것이며, 그렇게 생은 이어져왔을 것이다. 어쩌면 우리는 모두 세상의 큰형들인지 모른다.

소풍 1

간만에 남매들이 아버지를 모시고 냉면집에 둘러앉아서 옛이
야기에 빠졌다. 큰형과 작은형은 오십대에 들어섰고, 누나와 나
는 사십대다. 형들과는 십여 년 차이가 나서 어린 시절 기억들이
크게 다르지 않으리라 생각했지만 막상 얘기를 풀어놓고 보니 세
대가 한참 동떨어진 느낌이었다. 그건 아마 우리가 그만큼 숨가
쁜 시절을 건너왔다는 소리일 것이다. 일테면 두 형은 60년대를,
누이와 나는 70년대를 얘기하는 셈이었다. 시쳇말로 60년대는 보
릿고개 세대고, 70년대는 새마을운동을 위시한 근대화세대다.

먼저 큰형이 말문을 연 용돈 조달 방법이 우스웠다. 용돈이라
는 게 없던 시절이라 어떡하든 형은 손수 용돈을 만들어서 군것
질을 해야 했는데, 어른들 몰래 6원씩 하는 달걀을 훔쳐다가 가
게에서 과자와 바꿔 먹었다고 한다. 그 재미에 빠져 뒤에는 둥우
리 암탉한테 손을 벌리고 앉았다가 달걀이 빠지기 무섭게 받아
서 가게로 달려가곤 하였다. 아이가 따끈따끈한 달걀을 내놓자
주인이 부모님께 알려서 그짓은 오래가지 못했다. 눈이 큰 형이

암탉한테 보이던 그 큰 눈으로 가게 주인에게 손 내미는 모습을 상상하는 것만으로도 웃음이 비어졌다.

화제가 자연스레 소풍 때 받는 용돈 이야기로 옮겨갔다. 누나는 소풍날 받은 용돈을 동네 고개를 넘기 전에 구멍가게에서 다 까먹어서 정작 소풍 장소에 가서는 울고는 하였다고 한다. 그런 누나가 한번은 원 없이 용돈을 쓴 적이 있었다. 어머니가 푸성귀 판 돈 300원을 맡기며 약방의 외상값 갚으라는 심부름을 시켰는데 그것을 또 홀랑 까먹었다. 원 없이 돈을 썼지만 너무 큰돈이라 고개를 넘어 집으로 돌아오기가 겁이 났다고 한다. 그 이야기를 듣고 우리는 남자들보다 손이 크고 담대한 누나의 성정에 오랜 내력이 있다고 고개를 주억거렸다.

나는 이상하게도 초등학교 1학년 소풍 때 손에 쥐고 간 용돈을 지금까지 기억하고 있는데, 봄에는 40원, 가을에는 50원이었다. 바닷가로 소풍 가서 장사꾼에게 단팥맛 하드 두 개를 사먹고는 돈이 다 떨어졌다. 나도 누이처럼 울었다. 외사촌들을 따라온 외할머니가 찾아와서 아이스크림을 안겨주어 눈물을 거둘 수 있었다. 마을 친구 중에 나보다 더 용돈을 못 가져간 애가 있었는데, 그 아이가 모래사장에서 눈먼 돈을 주워서 귀갓길에 청량음료며 빵을 한아름 안고 가는 모습이 그렇게도 부러울 수가 없었다.

작은형이 도회지로 나가서 자취하며 고등학교를 다닐 때 서울에서 취직한 큰형이 내려와 튀김을 한 접시나 사주었다고 한다. 그때 작은형은 튀김을 꾸역꾸역 넘기면서도 차라리 돈으로 받았으면 싶었다고 한다.

"그때는 용돈이라는 게 없던 시절이었으니까."

그러고 보니 내가 초등학교 1학년 소풍 때 받은 용돈만 유독 기억하는 것은 형들 탓이 아닐까 하는 생각이 들었다. 형들이 직장을 잡아 아랫자리 동생들은 그나마 형들에게 용돈을 받고 자랐던 것이다.

남매들이 그런 얘기들을 나누는 동안 아버지는 조용히 말씀이 없으셨다. 당신은 더 궁핍했을 어린 시절을 헤매시는지, 아니면 자식들의 어린 기억에 미안해하시는지 알 수 없었다. 그래도 자식들은 옛이야기에 한껏 유쾌했다. 문득 나는 우리의 얘기와 정오의 한때가 아버지와 아들로 유전되는 세월이 아닐까 생각했다. 이날이 사무치게 그리울 때가 있을 것이다.

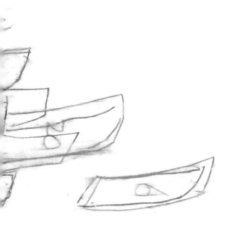

어머니와 함께 걷는 길

어머니는 쉰 살이 넘어 서울 사람이 된 분이다. 평생 농부로 살다가 서울에 와 파출부 일을 다닌 어머니는 첫 월급을 받아온 날 돈을 몇 번이고 셈하던 끝에 "십 년만 젊었어도 서울 돈은 싸그리 다 나 돈일 거인디" 하고 무척 아쉬워했다.

그 무렵 며칠 동안 출근을 어머니와 함께하게 되었다. 우리 모자는 아침마다 신도림역에서 2호선으로 갈아타야 했다. 익히 알려진 대로 출근 지하철, 특히 신도림역의 혼잡은 그야말로 전장을 방불케 한다. 내리고 싶어 내리는 게 아니고 타고 싶어 타는 게 아니다. 피난민 신세가 따로 없다. 신도림역까지는 비교적 무사했던 우리 모자는 그 아수라장에서 그만 이산가족이 되고 말았다. 혹시나 노인네가 인파에 떠밀려 다치지나 않았을까 걱정되어 주위를 살펴보니 웬 아주머니가 젊은 사람들과 뒤섞여 뛰어가는 모습이 보였다. 어머니였다. 겨우 뒤쫓아가보았더니 어머니는 숨을 몰아쉬며 "그렇게 굼떠서 으떻게 자리를 잡고 산다냐"며 오히려 타박이셨다. 솔직히 어머니가 얄미운 노인네로밖에 보이지 않았다.

　그러고 보니 어머니와의 동행은 늘 그렇게 부끄러움을 동반했다. 물려받은 재산 없이 6남매를 길러냈으니 어머니가 갖게 되었을 생활력은 짐작이 가고도 남는다. 여섯 시간이나 걸리는 자식의 기차여행에 입석표를 끊어준 분이다. 그도 모자라 빈자리를 골라 앉혀주고는 염라대왕이 와도 절대 일어서지 말라고 다짐을 받던 양반이 아니었던가. 자식의 입장은 안중에도 없는 어머니의 안하무인의 행동이 부끄러웠던 기억이 한두 번이 아니다.

　어머니는 내가 여덟 살이 되었는데도 학교에 보내지 않았다. 일 년만 더 집에 남아 동생을 돌보라는 거였다. 어머니는 텃밭에 푸성귀를 가꾸어 이십 리 밖 시장으로 팔러 다니곤 했는데 나는 동생을 업고 어머니를 따라 시장으로 놀러 가는 일이 재미였다. 그런데 어머니는 그도 못 하게 했다. 헐벗은 자식들이 눈앞에 얼쩡거리는 모습이 가슴 아파서 그랬을 수도 있겠으나 그보다도 돈 탓이었다. 어린 자식 둘이 칭얼거리며 타내는 쌈짓돈이 아까웠던 것이다. 내 늦은 취학도 그렇고, 버릇 잡는다고 장날 먼길을 걸려서 귀가하던 일도 그렇다.

　한번은 편도선이 심하게 부은 적이 있었다. 어머니는 코를 쥐고 소금물을 넘기게 하고 찬 수건을 목에 두르게 하는 따위의 갖은 민간요법을 해보다가 안 되겠다 싶었는지 무면허 의사를 수소문하여 나를 데려갔다. 쌀 한 됫박에 편도선염을 치료한 그에게 어머니는 몇 번이고 '선상님'을 언발하며 고마워했다. 의사는 찬 음식을 많이 먹게 하라며 몇 가지를 일러주었는데 그중에 아이

스크림도 있었다. 돌아오는 길에 점방 앞에서 아이스크림을 사달라고 했더니 어머니는 오히려 호통을 치며 "순 돌팔이 말을 믿느냐"고 했다.

어머니에게는 식구가 살아남고 자식들이 배우는 일 말고는 다른 것은 아무 의미가 없다. 사실 어머니가 무릅쓴 부끄러움은 가족의 존립이 걸린 일이었다. 단지 나에게는 체면의 문제였을 뿐이다. 더욱 안타까운 것은 이 깨달음이 늘 돌아선 후에야 찾아온다는 것이다.

가끔 옛이야기를 할 때

　어느 구름에 비가 들었을지 모른다고, 요즘 세상은 어느 곳이 언제 어떻게 변할지 모른다. 서울 토박이들은 뽕밭이었던 잠실의 변화상을 보고, 말 그대로 상전벽해라 혀를 두른다. 그뿐이랴. 영등포 일대가 근대적인 공단지역으로 탈바꿈하기 전에는 시흥과 더불어 서울의 주요 채소 공급지였다는 사실을 아는 이 드물다. 우리가 서 있는 곳은 모두 그런 세월에 놓여 있다.

　고흥 나로도에 우주센터가 세워지고 인공위성을 발사하면서 내 고향이 전에 없이 유명세를 타고 있다. 그곳은 참 멀고도 먼 곳, 변방 중에서도 변방이다. 옛날 삼촌이나 형 들은 객지에서 색싯감을 얻으면 호적에 올리기 전에는 고향에 데려와 인사도 시키지 말라는 소리를 했다고 한다. 매년 명절이나 기제사에 시댁에 다닐 것을 생각하면 지레 겁나서 도망간다는 거였다. 나 역시 어느 추석 명절에 열아홉 시간이나 걸려 고향집을 찾아간 적이 있는데, 그 소리가 마냥 우스갯소리로 들리지 않았다. 그런 외진 곳이 이제 우주로 통하는 문이 되었으니 누군들 상상이나 했을까.

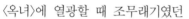

고향땅에 우주센터가 세워진다는 소리를 처음 들었을 때 감회가 남달랐다. 어느 세대나 꿈이 있기 마련인데, 나는 어린 시절 텔레비전을 보며 꿈을 키운 세대이다. 어른들이 드라마 〈여로〉〈전우〉〈옥녀〉에 열광할 때 조무래기였던 나는 만화영화 〈마징가 Z〉와 〈은하철도 999〉에 정신을 빼놓았다.

〈마징가 Z〉와 〈은하철도 999〉를 보면서 자연스럽게 우주를 상상하게 되었고, 나는 장차 우주 과학자가 되겠노라 꿈을 꾸었다. 중학생 때까지 마을의 들과 산에 토굴을 파서 아지트를 만들고 '소망연구소'라 이름 붙여 놓았던 데에는 그런 만화영화의 영향이 컸다.

어느 해질녘, 멀리 들에서 어머니와 손수레를 끌고 오던 고갯길이 떠오르곤 한다. 어머니는 뒤에서 밀고 나는 앞에서 끌었는데, 수레에 짐이 가득해서 서로 얼굴은 보이지 않았다. 그런데도 우리는 더운 숨을 토하며 오가는 얘기가 많았다. 달이 떠서 익어 갔고, 어머니의 인생에 대해 측은한 마음이 차올랐다. 나는 어머니에게 어른이 되면 우주선을 만들어서 달구경을 시켜드리겠노라 말씀드렸다. 처음으로 내 꿈을 얘기해드린 셈이다. 그때 어머니의 반응이 어땠는지 기억나지 않는다.

그 저녁의 기억을 나 혼자 기억하고 사는 줄 알았다. 어느 날 어머니가 내 아내에게 그 저녁의 얘기를 들려주는 걸 들었다. 내 꿈을 말하는 게 아니라 자신을 호강시켜주겠노라는 말이 어찌나 대견스러웠는지 모른다는 말씀이었다. 아마 어머니는 내가 무슨 꿈을 꾸었는지 모르실 것이다. 그리고 그날의 기억이 서로 다를 것이다.

어머니가 병들어 눕고 모든 기억들을 잃어갈 때 자식으로서 많은 회한이 남는 가운데에도 어머니가 그 일을 기억하고 계셨던 일이 자꾸 떠오르고, 얼마간 위안이 되었다. 사는 재미에 그런 것도 있나보다. 누군가에게 들려준 얘기가 한때 상대에게 위안이 되었다는 사실, 그리고 '기억'이라는 매개를 통해 다시 내게 위안으로 돌아온다는 것. 어머니를 잃어가고 있는 나로서는 어머니에게 달 구경 약속을 한 일보다 어머니가 그 얘기를 고맙게 기억하고 계셨다는 사실이 더 소중한 추억이다.

상대를 앞에 두고 옛이야기를 나누는 여러 이유 중에는 그런 그리움에 닿고 싶은 심정도 있지 않을까. 그리고 그리움을 나누는 시간이 또다시 추억이 된다. 우주와는 전혀 상관없이 살아가지만, 우주센터는 마치 우리 모자를 위해 세워진 것만 같다.

살림

　누구에게나 그렇겠지만 오래만에 찾은 고향에서 느낀 감회는 상실감이었다. 한때 내 존재의 전부를 품어주던 집과 마을과 들과 숲과 길이 아주 작다는 느낌이 먼저 들었다. 그건 내가 세상으로 나와 큰 아이가 되어서 작아 보이는 게 아니라 고향에 대한 기억과 실감이 유실되고 마모되어 조금밖에 남지 않았다는 인식에서 오는 듯했다. 고향은 조금씩 비워져서 그 항아리 전에 얼굴을 대고 누구를 부르면 공허한 메아리가 울릴 것 같았다. 간혹 어느 울타리, 고목, 바위, 그리고 노인들 앞에서 발걸음이 붙들려서 있어도 어디를 돌아다니다가 이제 왔느냐는 자문이 떠나지

않았다.

고숙의 산소를 이장하는 일로 찾은 귀향길이었다. 산판을 벌이던 고숙은 삼십 년 전에 세상을 등졌다. 한때 뺨을 끌어다가 맞대었을 그분에 대한 어떤 애틋한 기억도 내게는 흩어지고 없었다. 파묘는 보지 못하고 유골을 화장하는 자리만 지키게 되었다.

윤달이라 산일이 많았다. 고숙의 유골은 화장장으로 가지 못하고 문중 납골당 마당에서 가스불로 태워졌다. 두 됫박쯤 되는 유골이 한 시간 남짓 동안 몇 줌 골분으로 화하였다. 산일을 거든 두 노인이 고인을 아주 좋은 유택幽宅에 모셨더라며 덕담을 건네었다. 베옷은 썩지 아니하고 그대로 남아, 자루를 털듯 유골을 수습할 수 있었노라 했다.

무릎을 앓는 고모는 마당 한편에 앉아 덤덤하였다. 남편 떠나고 홀로 남아 자녀들을 키우며 늙어온, 내일모레가 팔순인 노인네였다. 제상에는 며칠 전 손수 갯벌에서 캐온 꼬막이 한 접시 수북했다. 고모는 기와를 올려 반듯하게 지어놓은 문중 납골당을 바라보며 "해마다 벌초 다니기 귀찮았는데 이제 그 양반을 호텔로 뫼시니 시원하다"고 아쉬운 마음을 돌려놓고는 하였다. 나

는 뒤돌아서서 마을을 내려다보았다. 볕바른 곳마다 각성바지 문중 제각들이 올돌했다. 농가들은 낡았고 제각은 새집처럼 번 듯했다. 그건 마치 고향이 처한 운명을 상징하는 풍경 같기도 하였다.

화장하고 제를 올리는 동안 나는 문중 납골당으로 발걸음을 들였다. 흡사 진열장 같은 벽면에 유골단지 육십여 기가 가지런히 안치되어 있었다. 고모 말마따나 사자들을 위한 호텔 같았다. 한 칸에 유골단지 두 개씩을 안치한 부부 납골이 많았다. 유골단지에는 성명과 생몰년이 기록되어 있었는데 구한말 사람이 있고 최근 사람이 있었으며, 천수를 누린 이가 있는가 하면, 아까운 나이에 꺼진 안타까운 생도 있었다. 한날한시에 함께 간 부부는 없어 보였다. 납골당은 김씨 문중 족보와도 같았다. 고숙에게 형제가 여럿이었다는 사실을 처음 알았다. 왠지 생로병사의 고행을 맛본 사람처럼 나는 쓸쓸하였다.

고숙의 유골을 안치하고 마을로 내려왔다. 어린 날 고모를 찾아가던 어렴풋한 길을 밟아 고모 집으로 갔다. 역시나 기억보다 작고 초라한 집이었다. 마루와 부엌을 손보기는 하였으나 고모의 살림은 주인처럼 닳을 대로 닳아 있었다. 비뚤어진 기둥의 골격이 도배지로 드러나는 좁은 안방 바람벽에는 자녀들의 결혼식 사진과 손주들 돌잔치 사진이 걸려 있었다. 한때 고모는 그 작은 방에서 아이들을 낳고 또한 돌아가는 남편을 임종했을 것이다. 배우자를 보낸 그 자리에서 홀로 늙어가는 게 인생인데 새삼스럽게도 마치 그 사실을 처음 깨달은 양 먹먹하였다.

마당 빨랫줄에는 장마에 내놓은 빨랫감들이 늘어져 있었다. 빨랫줄은 처마와 감나무가 한 끝씩 붙들고 있었다. 마당가에 선 감나무는 그저 과실을 내놓는 나무가 아니라 가난한 살림을 거드는 한 마리 충직한 짐승 같았다. 감나무 역시 고모와 더불어 아프고 고달팠을 것이다. 그렇지만 그 쓸쓸한 마음이 꼭 사람을 처지게만 하지는 않았다. 그 쓸쓸함 가운데에서 왠지 마음이 충만해지기도 하였다. 태어나고 죽는 거역할 수 없는 생 앞에서 존재의 존엄이라 해야 할까. 어쨌든 목숨을 살아내고 있는 나 자신에게 고마운 마음이 들었다. 그 마음은 어린 자식들을 보고 있을 때 불현듯 들곤 하던 낯선 마음 같기도 했다. 나는 생이 덧없고 외롭고 비루하다는 마음을 고모집 빨랫줄에 걸어두고 내 살림이 있는 곳으로 가까스로 돌아왔다.

부엌의 권력

부엌은 결코 평화롭지 않다. 수천 년 부엌에서 이루어진 여자들의 모진 눈물의 역사를 두고 하는 말이 아니다. 부엌은 살벌한 주도권 다툼의 장이다. 고부간이 같은 칼, 같은 그릇을 만진다는 것은 무기를 다루듯 긴장의 연속이다. 작은 도마에서 튀는 건 생선의 피만이 아니다. 부엌은 철저한 서열로 평화가 유지되는 공간처럼 보인다. 나는 이 사실을 예닐곱 살에 이미 깨우쳤다. 사내가 부엌에 들면 고추가 떨어지는 시절이었다.

줄줄이 아들 다섯 둔 집안에서 나는 터울진 넷째로 태어났다. 누구 하나 여자아이 역할을 하지 않으면 안 되었다. 형들은 일찍이 도회지로 유학을 떠나고, 농번기에 들에서 지내던 어머니도 겨울이 되면 미역공장, 유자공장으로 일을 가서 나는 할머니를 거들어서 부엌일을 해야 했다. 땔감을 나르고 아궁이에 불 지피는 일이라든가 공동우물에서 물을 길어오는 허드렛일이었다.

이미 부끄러운 마음으로 부엌에 들었으니 짜증과 한숨을 달고 살았다. 모든 걸 할머니가 주장하는 부엌생활은 괴로웠다. 부지깽이 끝에 할 일 없이 불붙여 노는 일로 게으름도 피우고, 양동이 들고 물 길러 가는 길에 동무들 구슬치기하는 데로 묻어버리기도 했다. 그러자니 게으른 손자 두고 할머니의 잔소리가 쟁쟁했다.

"어디 사람이 께으른가, 눈이 께으르제. 마음 묵고 달겨들면 겁 낼 일 하나 없는 벱이다."

일흔을 넘긴 할머니도 철없는 손자 데리고 부엌일 돌보기가 여간 곤욕이 아니었을 것이다. 뒷짐지고 안방으로 물러나 상이나 받을 연세에 앞치마를 못 벗었으니 노상 신세한탄을 입에 달고 사셨다. 그렇다고 할머니는 나에게 이것 해라, 저것 해라, 콕 집어서 무슨 일을 시킨 적은 없었다.

"아이고, 밥그럭 들기도 숨차는 이녀르 인생. 이 길로 가다가 똬리끈 떨어지듯이 맹이라도 뚝 끊어지면 얼매나 좋을꼬."

할머니가 양동이를 들고 서서 그렇게 먼산바라기로 읊조리면 나는 별수없이 양동이를 받아들고 우물로 갔다. 나는 그 일 부려먹는 방식이 마음에 들지 않았다.

"할매, 지발 그리 말하지 마. 나가 뭐 안 해준 것 있어? 쎄 빠지게 일해줘도 보람이 하나도 없당게."

그래도 소용없었다.

"네 발로 기어댕겨도 일이 끝이 없네. 오매매, 삭정이 겉은 허리가 똑 부러지겠네. 아궁이에 불 그러넣어주는 손 하나 없는 이녀르 팔자."

둘러보지 않아도 부엌에 귀 달린 짐승은 나 말고 또 누가 있겠는가. 결국 아귀 주둥이가 되어서 부지깽이를 집어들어야 했다.

그러자니 끼니때마다 조손간에 다투는 소리로 부엌이 하루도 조용할 날이 없었다.

남자들의 부엌 출입이 자유로운 시절이 되었지만 긴장은 여전하다. 가끔 아내 대신 앞치마를 두른다. 미소로 반겼던 아내가 이내 잔소리를 해댄다. 조리그릇 늘어놓지 마라, 그건 소금 말고 간장으로 간해야 한다, 수돗물 너무 많이 튄다, 그릇에 고춧가루 안 씻겼다…… 그러다가 아내가 무슨 감수자처럼 국자라도 빼앗아 찌개그릇에 담그는 날에는 뚝배기에 자존심이라도 빠진 듯 앞치마를 벗어던진다. 다시는 도와주나봐라! 남편들은 이해가 안 간다. 왜 아내들은 바보처럼 남자를 부엌에서 밀어내서 제 편의를 도모하지 않는가? 아내들은 못 미덥고 서툴러서 가만히 보고만 있을 수 없다고 말하지만 선심 쓰듯 부엌에서 얼쩡거리는 남편의 태도가 우선 얄미울지 모른다. 그렇지만 때로는 제 구역을 침범당한 방어기제가 엿보이기도 한다. 시쳇말로 내 물건에 손대지 말라는 경계심이 느껴진다. 부엌에서 남녀가 동등하게 권력을 나눠 갖고 평화롭게 지내는 일은 요원한 걸까.

그런 수모를 당해도 남편들은 부엌 출입을 포기하면 안 된다. 부엌 출입을 포기하는 순간 그 집 남자들은 더부살이를 하는 것이나 마찬가지다. 적어도 집안 평수의

삼분지 일은 못 쓰는 셈이니까. 남자들은 부엌에 대해 주인의식을 가질 필요가 있다.

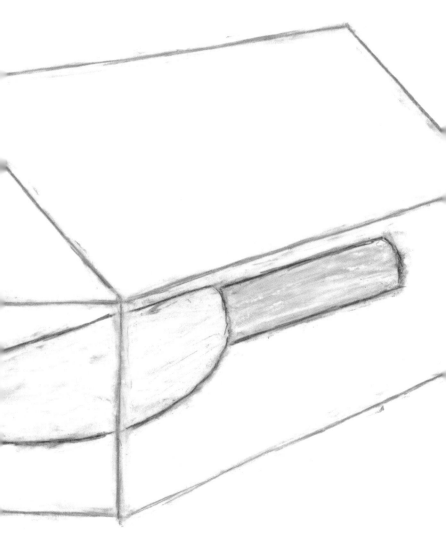

슈퍼마켓에서 집을 샀어요

세 살 난 둘째 아이는 이제 막 말문을 텄다. 한시도 입을 가만히 두지 않고 재잘거린다. 예측 불허의 질문이 많다. 아빠 이마를 짚으며 머릿속에는 뭐가 들었느냐고 묻기도 하고, 욕조에 들어앉았다가 물속에는 왜 물이 들어 있느냐고 고개를 갸웃거린다. 구름 위와 땅속에 누가 사느냐고 묻는다. 수염이 없으면? 고추가 없으면? 나로서는 너무나 당연하여 의문스럽지 않은 일들이 세상 보기를 막 시작한 아이에게는 온통 궁금한가보다.

아이의 입을 통해 나는 내가 잃어버린 '최초의 감각'을 회복하는 느낌이 들 때가 있다. 한때 나도 그 알 수 없는 신비로운 세계를 향해 말랑말랑한 혀를 내밀었을 것이다.

아이의 발음이 정확하지 않고 아직 문장을 제대로 만들지 못해서 그와 대화하려면 초인적인 인내심이 필요하다. 이웃들은 아이의 말을 다 알아듣는 우리 부부가 오히려 신통하다는 반응이다.

아이들은 이야기를 좋아한다. 가급적 나는 황당하고 무서운 애기를 많이 들려준다. 밤 열시가 넘어도 잠들지 않은 아이를 잡아간다는 망태 할아버지가 창가를 배회하며, 인근 선사 유적지는 도깨비 마을이며, 구름 위에는 산타 마을이 있고, 눈 공장이 있다.

아이들은 잠들기 전에 동화책 읽기를 좋아하는데 이 나이 때 아이들은 특정 책에 빠지면 며칠이고 반복해서 읽어주기를 원한다. 지겨운 일이다. 때로 동화책을 읽다가 내가 먼저 잠에 들려서 장화 홍련이 호박마차를 타고 궁전 무도회에 가기도 한다. 그러면 아이들이 정정해준다. 때로는 아이들이 아내를 재워놓고 내 방으로 건너오기도 한다.

요즘 작은아이는 '파워레인저'에 빠져 있다. 내가 어렸을 때 〈마징가 Z〉나 〈로봇 태권 V〉에 열광했듯 아이도 악의 무리를 처단하는 영웅에 서서히 빠져들고 있다. 뭔가 마음에 들지 않으면 파워레인저를 흉내내서 아빠와 엄마와 형을 혼낸다. 작은아이는 장차 파워레인저가 되는 게 꿈이다. 파워레인저가 되려고 밥을 먹고, 세수를 하고, 가기 싫은 놀이방을 간다.

작은아이를 파워레인저의 세계로 이끈 것은 여섯 살 난 큰아이다. 장난감과 텔레비전과 파워레인저 놀이로 동생의 영혼을 사로잡았다. 동생이 말을 듣지 않으면 텔레비전을 가리키며 "파워레인저를 틀어주지 않겠다"고 협박할 정도다. 아내는 파워레인저에 불만이다. 새로운 버전이 끊임없이 나오고, 그에 따라 새로운 캐릭터 상품이 쏟아져나온다. 아이들이 그것들을 갖고 싶어한다.

지난 크리스마스 때 두 아이는 산타 할아버지에게 열심히 기

도를 했다. 큰아이는 파워레인저 '다이노 킹' 세트를, 작은아이는 파워레인저 '탱크 건'을 선물해달라고 기도했다. 요즘 장난감들은 너무 비싸다. 크리스마스 시즌에는 값이 더 오른다. 아내는 조금이나마 저렴한 가격으로 구하느라고 인터넷을 뒤져 주문했다. 크리스마스를 며칠 앞두고 택배로 선물이 도착했는데 그것을 그만 큰아이가 발견하고 말았다. 아직 큰아이는 산타 할아버지의 정체를 알아서는 안 될 나이다. 아내는 아이에게 산타 할아버지가 너무 바빠서 택배로 먼저 보냈다고 둘러댔다. 아이는 선물에 혹해서 믿는 눈치다. 큰아이는 친구들에게 산타 할아버지가 바빠서 택배로 선물을 보내주었다고 자랑한다.

작은아이가 이 세상에서 가장 좋아하고 경이로워하는 곳은 슈퍼마켓이다. 아이는 자신이 좋아하는 세상의 모든 것이 그곳에 있다고 믿는 눈치다. 그곳에서는 원하는 것을 모두 살 수 있다고 믿는다. 지난겨울에 우리 가족은 처음으로 아파트를 분양받았다. 나는 집을 등기하고 나서 아이들에게 우리에게 아파트가 생겼다고 얘기했다. 이건 '우리집'이 아니라 '아빠 집'이라고 강조해서 말했다. 그리고 아이들이 말을 듣지 않으면 '아빠 집'에서 함께 살 수 없다고 겁박하고 있다. 아이들은 함께 살 수 있게 해달라고 사정한다. 작은아이는 간혹 이웃들에게 "우리 아빠는 슈퍼에서 집 샀어요" 하고 자랑한다.

아이들에게 심어준 거짓된 이야기들은 오래가지 못할 것이다. 아빠와 엄마가 지어낸 이야기라는 사실도 모른 채 아이들은 자연스럽게 어른들의 세계로 편입되어갈 것이다. 다만 아빠가 지금도 파워레인저가 되고 싶어한다는 사실을 알까. 파워레인저처럼 힘이 센 존재로 변신하고 싶은 아빠를. 그리고 나는 이런 것도 꿈꾼다. 우리 아이들이 자랐을 때는 정말 집을 슈퍼마켓에서 살 수 있는 세상이었으면 좋겠다고.

2부

아이들의 집

아이들의 집

오에 겐자부로가 어린 시절에 가진 것들 중에 제일 부러운 것은 단풍나무 위에 판자로 지었다는 '나무의 집'이다. 아마 그 집은 소박하나마 마크 트웨인이 지은 『톰 소여의 모험』에 등장하는 '허크'라는 아이가 살던 나무 위 오두막과 비슷했던 모양이다. 오에는 나무의 집에서 책을 읽고 공상을 하고 자연과 교감했다. 그 작은 공간이 전쟁과 가난에 찌든 어린 오에에게 아늑한 추억으로 남았다.

사실 제 집을 갖길 희구하는 건 어른들만이 아니다. 돌이켜보면 집짓기 놀이만큼 아이들이 좋아하는 놀이도 드물지 싶다. 누구나 어린 시절 이불로 방 한구석에 장막을 쳐 집짓기 흉내를 내본 기억쯤은 있으리라.

나 역시 어렸을 때 참 많은 집을 지었다. 그 집들은 하나같이 어른들의 손에 무너졌다.

내가 동생과 함께 방구석에 이불 한 채로 처음 지어본 집은 어머니가 부지깽이를 들고 들이닥쳐 거미줄 걷듯 무너뜨려버렸다.

그다음에 지은 집은 가을걷이 끝난 논에서 볏단으로 쌓아 만든 집이었다. 제법 아늑했는데 그것도 금방 허물어졌다. 어른들이 달구지나 수레를 대고 지붕이며 벽체를 무작스럽게 뜯어갔다.

나는 산으로 도망갔다. 싸리나무나 오리나무 가지를 꺾어다가 집을 지었다. 그 집 역시 사나흘을 가지 못했다. 나뭇잎이 시들해질 때쯤 나무꾼들이 나타나 거두어갔다.

열한 살이 되자 나는 더 견고한 집을 짓기로 했다. 어른들의 손길에서 안전한 곳에 아주 견고한 집을 짓고 싶었다. 만화영화 〈마징가 Z〉가 한창 인기 있던 시절이었다. 아이들은 '아지트'라는 말을 무시로 입에 올렸다. 나는 강박사네 연구소 같은, 악의 무리가 침공해도 끄떡없는 아지트를 갖고 싶었다. 궁리 끝에 내가 설계한 집은 토굴이었다. 그 엄폐성과 견고함에 마음이 사로잡혔을 것이다.

집 뒤꼍 산아래 언덕바지에다가 나는 호미로 토굴을 팠다. 학교를 마치고 돌아오면 저녁밥 먹으라고 어머니가 부를 때까지 언덕 파는 일을 했다. 한 뼘씩 공간이 확장되는 기쁨에 시간 가는 줄도 몰랐다. 처음에는 머리가 들고 차츰 어깨가 들었으며 머잖아 엉덩이까지 쏙 들어갔다. 누운 항아리 같은 그 구덩이에서 나는 하늘과 마을을 내다보았다. 누가 그 기분을 상상할 수 있을까?

욕심이 생겨 그 집에서 무릎을 펴 서보고도 싶었고, 책상 삼아 나무상자라도 들여놓고 싶었다. 나는 굴을 더 넓혀갔다.

장마철이 닥쳤다. 파낸 붉은 흙더미가 집 마당으로 들이닥쳤다. 아버지는 사태가 난 줄 알고 뒤꼍으로 돌아갔다가 그만 아들이 해놓은 짓을 보고 말았다. 아버지는 "북쪽 원수새끼하고 동서 지간 맺었느냐"며 쫓아와 나를 빗물도랑으로 내몰았다.

그 일을 당하고도 나는 집짓기에 대한 집착을 버릴 수 없었다.

토굴 파기는 중학교 2학년 때까지 계속되었다. 이제는 동무들도 생겨서 굴 파는 일이 한결 수월해졌다. 우리는 마을 뒷산을 두더지 쑤셔놓듯 해놓았다. 남의 집 선산 자리 부근을 팠다가 혼이 나기도 했고, 토굴 판 터가 예전에 죽을병에 걸린 사람을 유기하던 피막避幕 자리라는 사실을 알고 연장까지 팽개치고 내뺀 적도 있었다. 그래도 우리의 놀이는 지칠 줄 몰랐다.

토굴 파는 일에 최대 난관은 무엇보다 암석이었다. 며칠 고생해서 파들어가다보면 번번이 암석이 나타났고, 연장이라고 해봐야 기껏 호미나 삽, 곡괭이가 전부여서 중도에 포기해야 하는 경우가 많았다.

그리고 이 놀이는 어떤 금기를 넘는 행위라는 죄의식마저 불러일으키곤 했다. 굴을 두고 누구나 북한의 땅굴부터 연상하던 시절이었으므로 내 무의식에 그런 이미지가 자리했는지 모른다. 아니면 산속의 자연동굴이나 일제 때 만들어진 금광에서 은밀한 사건들이 일어난 탓인지도 몰랐다. 샘이 있는 어떤 동굴에서는 소도둑들이 소를 밀도살해서 머리만 남겨두고 떠났고, 어떤 동굴에서는 남녀가 밀애를 나눈 흔적이 발견되었다. 우리는 그런 소문 속에서 자랐다. 어느 동굴에서는 장년들이 밤낮으로 촛불을 켜놓고 노름판을 벌인다는 소문도 있었다. 우리가 어쨌든 하나라도 제대로 된 토굴을 완성했다면 그 무모한 짓을 좀더 일찍 접을 수 있었을 것이다.

동굴 파기는 마을뿐 아니라 인근마을 아이들에게도 유행이 되었다. 5학년 때 한 학년 높은, 옆 마을 형이 초대해서 그 집으로 놀러가게 되었다. 그 형은 자신이 판 '아지트'를 보여주겠다고 했다. 놀랍게도 그가 판 토굴은 집 마당 한편에 있었다. 거적을 들춰내자 고구마 저장굴처럼 깊은 토굴이 나왔다. 놀라웠다. 아직까지 나는 그만큼 완성된 토굴을 가져본 적이 없었을 뿐 아니라 집안 어른들이 동의한 가운데 마당에다가 그런 짓을 한 사실이 경이로웠다. 그 일은 내게 큰 충격이었다.

육 년 남짓한 시간 동안 굴 파는 기술이 꾸준히 늘었다. 중학생이 되었을 무렵에는 언덕바지에 굴을 파지 않고 평지를 이용할 줄 알게 되었다. 평지에 구덩이를 널찍하게 판다. 굵은 나무를 엮어 천장을 이고, 비닐을 깔고 잔디를 입혀 위장한다. 평지에 구덩이를 파는 일은 훨씬 수월했다. 웬만한 돌 정도는 어렵지 않게 들어낼 수 있었다. 그리고 그 일을 돕는 조력자도 나타났다. 이웃에 사는 칠이 아저씨였다. 그이는 우리가 학교에 가 있는 동안 굴을 깊게 파놓고는 하였다. 누군가 제일 높은 사람을 '사무총장'이라고 해서 우리는 그를 사무총장님이라 불렀다.

마침내 중학교 2학년이 되어서야 나는 제법 그럴듯한 아지트를 완성할 수 있었다.

우리는 이 완벽한 공간을 '소망연구소'라고 이름 짓고 정성스럽게 가꾸었다. 어른들이 이 집을 시시탐탐 노릴 거라는 사실을 잊지 않았다. 아지트로 접근하는 발걸음을 경계하려고 깡통 매단 인계철선을 설치했다. 아지트 근처 숲에다가는 턱걸이할 운동시설도 만들었다. 나는 혼자서도 아지트를 찾아 촛불을 켜고 앉아 숙제를 하고 책을 읽었다. 그곳에서 읽은 책들 중에 『흰고래 모비딕『白鯨』을 잊을 수 없다. 토굴이라는 공간이 아니었다면 에이합 선장의 망망대해는 훨씬 단조로웠을 것이다. 어린 나이지만 나는 그의 집요하고 몰입된 사투에 공감했다.

어느 날 학교에 돌아와보니 동네 형이 눈이 휘둥그레져서 나를 찾았다. 지나친 은폐의식이 오히려 화를 불렀을까. 경찰이 다녀갔다고 했다. 경찰까지 출현하리라고는 꿈에도 예상하지 못했다.

우리의 아지트는 흉물스레 뒤집혀 있었다. 잔디는 파헤쳐지고 지붕을 인 나무들도 뽑혀서 한쪽에 쌓여 있었다. 신고자는 그 산의 산지기인 오촌 당숙뻘 되는 아저씨였다. 그는 '공비 지트'를 발견했다고 경찰서에 신고했다. 경찰이 사진까지 찍어가고 한동안 시끄러웠지만 종내에는 아이들 장난으로 판명되어 유야무야되었다.

"체력단련장까지 꾸며놨으니 요것이 공비 지트가 아니고 무엇이냐?"

나무를 거두어가려고 지게를 지고 나타난 오촌 당숙이 꾸짖는 소리였다.

그뒤로 나는 더 토굴 파는 일을 더는 하지 않았다. 그 사건의 후유증 탓만은 아니었다. 집짓기 놀이에 흥미가 일지 않았다.

요새는 부모가 아이들에게 레고를 선물하는 시절이다. 아이들이 우리 때와는 달리 합법적으로 집을 갖게 된 것이다.

연탄

간혹 어린 시절을 얘기하는 자리에 앉다보면 내 체험과 기억이 열댓 살은 윗줄인 선배들과 나란할 때가 많다. 가령 마을에 전기가 처음 들어오던 날의 기억이라든가, 텔레비전을 보러 밤이면 고개 너머 먼 거리까지 다닌 추억들이 그렇다. 나시찬이 출연한 전쟁 드라마 〈전우〉나 김영란이 주연을 맡은 사극 〈옥녀〉나 〈연지〉, 인형극 〈봉선화〉를 나는 먼 거리로 시집가 양품점을 하는 사촌누나 집으로 다니며 시청했다.

우리 마을이 인근 마을보다 별쭝나게 궁했던 건 사실이다. 행정구역으로 인가가 안 난 스무 가구 남짓한 작은 마을이었다. 농촌 마을들이 대개 집성촌을 이루고 사는 편인데 우리 마을 주민들은 작은 마을인데도 대부분이 타성바지들이었다. 농사를 업으로 삼는 주민들보다 다른 일거리를 가진 이들이 많았다. 원양어선 어부, 갈퀴 만드는 사람, 멍석 짜는 사람, 고물상, 석축 쌓는 석공, 소 중개인, 농산물 중개인, 대장장이, 도장 파는 사람, 술도가 노동자, 주막과 점방을 하는 이들이 모여 살았다. 또한 대부분이 묘지기나 산지기를 하면서 텃밭 같은 땅을 부쳐 푸성귀를 갈아 먹었다. 가장 잘된 집이 면 거리로 나가 떡방앗간을 낸 집이었다. 아버지 역시 한때 탈향해서 장사했던 분으로 귀향해서는 적은 농토를 부치고 있었다.

마을 앞으로 국도가 놓여 있었는데 남쪽으로 거북등 같은 지형을 한 '귓등'이라는 고개가 있었다. 고개 이름을 따서 마을도 귓등이라 불렸다. 고개는 도로포장공사를 하면서 눈에 띄게 낮아졌지만 포장 전에는 제법 땀을 쏟게 하는 험한 길이었다. 한때는 고갯마루에 쉬어가는 주막과 점방이 세 개나 있었을 정도였고, 내가 태어나기 전에 부모님도 한때 그곳에서 가게를 열었다.

동서고금을 막론하고 고갯길은 약탈의 장소이다. 당시에는 고물을 모으러 다니는 엿장수들이 많았는데 해질녘이면 고물을 가득 실은 손수레들이 고개를 넘어갔다. 아이들이 슬금슬금 신작로로 나왔다. 엿장수 손수레를 밀어주기 위해서였다. 기실 우리들은 손수레를 밀어주는 척하면서 엿판을 지범거렸다. 고갯마루에 오르면 아이들의 입술은 이미 밀가루로 허옇게 분칠해져 있었다. 엿장수도 그 사실을 모를 리 없었다. 그런데도 우리를 꾸짖는 엿장수는 없었다. 아이들의 도움 없이는 고갯길을 넘기가 너무나 고됐던 탓이다.

간혹 밤길에 고갯길을 넘는 화물차들이 있었다. 그건 청년들의 차지였다. 형들은 속도가 줄어 비실비실 넘는 트럭에 올라 수박이나 양다래, 소주나 음료수들을 내려 먹곤 했다. 그러다가 어느 날 밤에는 기이한 물건을 댓 개나 내리게 되었다. 묵직하고 구멍이 숭숭 난 검은 물건이었다. 청년들은 금세 그것이 먹을 수 없는 물건이라는 걸 간파했으나 무엇에 쓰는 물건인지는 알 길이 없었다. 형들은 그 물건을 버리지 않고 대장간 집에 숨겨두었다. 소문이 퍼져 어른 아이 할 것 없이 구경을 갔으나 아무도 그 물건이 무엇인지 밝히지 못했다. 그 물건은 족히 몇 달 동안 대장간에 궁금증만 부풀리며 보관되어 있었다.

이듬해 봄에야 그 물건의 정체가 밝혀졌다. 광주로 고등학교를 진학한 자녀를 보고 온 아무개씨가 그 물건이 연탄이라는 사실을 알렸다. 해프닝이 아닐 수 없었다.

어쨌든 나에게 연탄은 오랫동안 도시 혹은 근대라는 세계의 상징이나 다름없었다.

젯밥에 눈멀다

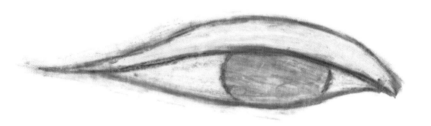

잇속 탐하는 이를 두고 '제사보다 젯밥에 정신이 있다'는 소리도 있지만 참말로 젯밥은 맛있었다. 큰집 제사는 명절 다음으로 기다려지는 날이었다. 장대 끝에 올린 알전구 밝은 마당에서 사촌들과 밤 이슥도록 술래잡기에 숨바꼭질을 하였다. 어린 사촌 하나 시렁에 숨긴 고무신을 못 찾아 끝내 울기도 하였다. 그래도 밤은 더디어서 끓는 아랫목에 옹기종기 모여 귀신 이야기를 하였고, 눈이 큰 나는 제상 촛불이 괜스레 더 일렁이는 것 같았다. 느타리버섯 같은 아이들이 지쳐서 졸아도 얼굴 모르는 할아버지니 증조할머니는 오시지 않았다. 젯밥 먹으라는 기척에 벌떡 일어나면 정말 귀신이 한 짓처럼 제사가 끝나 있었다. 되직하니 식은 메밥에 구수한 무쇠고깃국은 졸음에도 넘어가고, 짭짤한 꼬막을 까고 양태와 조기 살을 바르고, 멘 목에 가지탕, 오이탕은 서늘하니 담백했다. 상을 물릴 때 큰어머니는 생밤에 곶감을 한 움큼씩 쥐여주었다. 그렇게 잠든 날 아침에는 입맛이 없었다.

우리집에 제사가 없어서 늘 불만이었다. 재취로 오신 할머니 모시고 사는 작은집이라 제사라고는 젊어서 죽은 삼촌에게 작

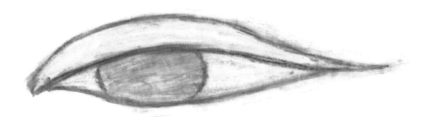

은 상 하나 차려주는 제사 말고는 없었다. 할머니는 마루청이 시린 동짓달 어느 밤이면 보름달빵 서너 개 올리고 촛불 밝혀서 스물아홉 청청한 나이에 꺼진 막내아들의 극락왕생을 빌었다. 나는 시시하다고 떡도 없는 제사는 제사도 아니라고 떼를 써보기도 하였다.

이웃 아저씨를 따라 동네 조무래기들이 제사 많은 성냥간집에 젯밥을 얻어먹으러 갔다. 사철나무 울타리 그늘에 숨어서 아저씨는 낡은 대광주리를 성냥간집 마당에 던져넣었다. 숨죽여 기다려도 주인이 내다보지 않았다. 아저씨는 대광주리를 가져오라고

울타리 구멍 새로 아이들 엉덩이를 밀었다. 대광주리를 몇 번이나 던져넣어도 주인은 내다보지 않았다. 소리를 못 들어서 그런다고 아저씨는 내게 양푼을 가져오라고 심부름을 시켰다. 엿하고 바꿔 먹어도 아쉽지 않을 찌그러진 양푼이어도 어머니가 텃밭에서 푸성귀를 거두어 오고, 개숫물을 받아다가 돼지 구유에 붓곤 하는 가재도구였다. 잃어버리면 혼난다고 울먹이는 소리에 아저씨는 걱정 말라고 다독였다. 머잖아 제삿집 토방으로 양푼이 날아갔다. 소리가 어찌나 큰지 솥뚜껑을 떨어뜨린 아이처럼 우리는 놀랐다. 이윽고 안주인이 나와서 양푼을 들고 서서 어둠 속을 두리번거렸다. 안주인은 제사음식을 담아다가 사립문 앞에 두고 돌아갔다.

그 재미에 취해 우리 아이들은 동네에 제사가 있다 하면 양푼을 들고 밤길을 나섰다. 동네에서는 없이 살 때 젯밥 나눠먹던 옛 풍습이 돌아왔다고 말들이 많았다. 약방집 제삿날에는 그 집 개가 무서워서 감나무에 올라가서 양푼을 던졌다. 인심이 야박하다고 소문난 집이라 허탕이나 치지 않을까 걱정이었다. 양푼을 서너 번이나 토방으로 던져도 주인은 내다보지 않았다. 동네 떠나갈 듯 개가 짖어댔다. 이윽고 주인이 나오더니 개밥그릇이 하늘에서 떨어졌다고 큰 소리로 외치고 양푼을 개집 앞으로 갖다놓고 사라졌다. 밤새 양푼 걱정에 잠이 오지 않았다.

이제 할머니 제사에는 우리집 두 아이까지 낀 조카들이 신이 난다. 제상을 차리면 아이들이 쫑알쫑알 묻는 게 많다. 누구 생일이에요? 누구네 할머닌데요? 영정사진 속 무섭게 생긴 할머니가 드실 음식들이라고 설명해주면 어린아이들은 마냥 무섭고 신기한 모양이다. 우리 눈에는 안 보여도 할머니가 기차 타고 와서 이 많은 음식들을 드시고 간다고 하니 아파트 베란다를 기웃거린다. 할머니에게는 너희들이 가장 큰 선물이라고 말해주었더니 네 살짜리 조카아이는 빈 제기에 덥석 앉는다. 양태, 조기, 서대, 능성어가 누릿하니 맛있고, 바지락 넣고 찹쌀 갈아 쑨 오이탕, 가지탕이 옛맛 그대로다. 제상 앞에만 앉으면 게걸스러워지는 나에게 아내는 눈을 흘긴다.

불로장생약

뒷동산이 사라지고 그 자리에 4차선 도로가 놓였다. 뒷동산은 어린 내가 자라고 있다는 사실을 늘 실감케 했다. 친구들과 더불어 하루종일 뛰어다니며 놀던 놀이터.

숲 곳곳에 아름답거나 무서운 전설들이 깃들어 뒷동산은 신비감 없는 마을과는 딴 세상처럼 보였다. 그 전설들은 모두 그 숲 그늘에 살던 우리 마을 선조들의 이야기였다. 나날이 자랄수록 뒷동산은 점점 왜소해져갔다. 왜소해 보였던 것은 뒷동산만이 아니었을 터이다. 부모나 선생이나 꿈마저도 그러하였을 것이다.

고등학생이 된 후로 그 조그만 숲에 더이상 들지 않았다.

그 숲에 묻은 추억을 찾노라면 한 마을에 살던 벙어리 형이 떠오른다. 나보다 나이 서넛 많은 그 형은 늘 동구 밖에 앉아 하교하는 나와 친구들을 기다려 놀곤 하였다.

우리는 그 형을 위하여 숲에 작은 약초밭을 만들었다. 산오이풀이라는 약초를 옮겨 심은 밭이었다. 산오이풀 뿌리를 먹으면 벙어리가 치료된다 하여 우리는 그에게 그 쓰고 독한 약초를 매일

같이 먹게 하였다. 물론 벙어리 형은 끝내 말문을 트지 못했다. 우리는 오랜 시간이 지나야 약효를 볼 수 있을 거라며 우리 자신을 위로할 수밖에 없었다.

어느 날 그 약초밭에서 우리는 아주 위험한 장난을 했다. 그 며칠 전 친구의 할머니가 세상을 뜨는 일을 지켜본 우리는 죽음을 피할 수 있는 약을 만들자고 맹세하였다. 우리는 불자리를 만들고 깡통을 올려 불로장생약을 만들었다. 눈으로 보고 생각할 수 있는 온갖 것들을 그러모아 달였다. 산오이풀나 도라지 같은 약초도 있었지만 먹을 수 있는지 없는지 모를 야초들이 더 많았다.

그뿐인가. 개똥도 약이 된다는 말을 좇아 그것도 깡통에 넣었으며, 집집마다 처마 밑에 매달아 말려놓은 지네와 돼지 쓸개는 물론 지렁이, 개구리, 화사火蛇를 잡아 달였다. 갈퀴집 손자 아이는 제 할아버지가 드신다는 녹용을 가져왔다. 한나절을 달이자 잿빛 액체가 한 그릇 남짓 남게 되었는데, 우리는 그것을 길에서 주워온 드링크제 병에 담았다.

이제 우리 앞에 남은 문제는 그 약효를 실험하는 일이었다. 우리들 중 누가 이 불로장생약을 먹어줄 것인가? 아무도 먹으려 들지 않았다. 서로 눈치만 살피던 끝에 누군가 말했다.

"우리가 묵으면 언제 효과를 확인한다냐. 우리가 죽을라믄 팔십 년은 더 걸릴 거인디……"

세월이 길기도 하였으나 우리가 죽을 수 있다는 사실에 와락 겁이 났다.

"그람, 인자 곧 죽을 사람을 찾아야겄네."

누군가 똑똑한 소리를 내놓았다.

그날 밤 약병을 품고 이불 속에 든 나는 어머니에게 물었다.

"엄마, 할매는 앞으로 얼마나 더 사실까?"

"별소리를 다 한다. 나가 점쟁이냐? 할매는 니 에미 속 보타 죽는 꼴을 보고 돌아가실 거니께 걱정 말어."

어머니가 한숨과 함께 내뱉는 푸념을 듣자니 그만 풀이 죽었다.

이튿날 우리 아이들은 녹용을 가져온 칼퀴집 손자를 앞세우고 그 아이의 할아버지를 찾아갔다. 그이는 우리 마을에서 가장 연장자였을뿐더러 머리도 허옇게 센 노인이었다. 일제 때는 일본으로 징용갔다가 돌아왔다는 소문을 들어서 유관순 누나처럼 오래된 사람처럼 여겨졌다. 당연히 우리들의 눈에는 가장 먼저 세상을 떠날 사람으로 보였다.

할아버지는 아이들을 좋아했다. 그 할아버지에게 별명을 받지 않은 아이가 없었다. 특히 할아버지에게는 별명을 지어주는 독특한 방식이 있었다. 내 이름을 놓고 "성태, 망태, 부리붕태, 내리영태" 하여 내 별명은 '영태'가 되었다. 동생은 "성갑, 망갑, 부리붕갑,

내리영갑"이라 하여 '영갑'이 되었다. 민정이는 "민정, 망정, 부리붕
정, 내리영정"이 된다.

우리는 약병을 들고 그 집 툇마루에 줄줄이 앉았다.

"긍게 이걸 묵으믄 밍줄을 못 놓는다 이거제?"

우리는 고개를 끄덕였다.

"오마, 신통방통한 약일세. 근디 그런 약이라믄 별로 존 약은
아니구먼. 글써, 나는 오래 살고 자픈 마음은 하나도 없는디 어짤
끄나?"

할아버지가 설핏 웃었다. 속이 단 누군가 말했다.

"실험이니께 금방 죽어불 수도 있어요."

할아버지는 장난스럽게 우리를 훑어보고는 무엇으로 만들었
냐고 물었다. 우리는 개똥 같은 것은 빼고 좋은 것들만 읊었다.

"좋다. 나가 약은 개리지 않고 즐겨한다."

영감님은 약병을 한입에 비웠다.

그날 밤은 잠을 이룰 수가 없었다. 슬며시 걱정이 되었다. 거의
뜬눈으로 밤을 지새운 나는 이튿날 날이 밝기 무섭게 갈퀴집으

로 달려갔다. 놀랍게도 갈퀴집 사철나무 울타리에 매달린 아이는 나뿐이 아니었다. 동무 둘도 먼저 와 있었다. 동무 하나가 울타리에서 몸을 떼며 말했다.

"방금 요강을 붓고 들어가셨는디 암시랑토 안 해야."

나는 안도의 한숨을 내쉬었다.

갈퀴집 영감님은 그후로도 십여 년을 더 사셨다. 그이보다 더 어린 사람을 몇몇 더 앞세웠다. 그때마다 영감님은 "갈 사람이 못 가고 이 무슨 일일꼬" 하며 초상집 대문간에서부터 큰 소리로 부끄러워하셨다.

칠이 아저씨

1969년에 태어난 나는 아마도 농촌의 새마을운동을 가장 마지막으로 체험한 세대일 것이다. 마을길을 넓히고 지붕을 개량하는 모습이라든가 마을에 전기가 들어오던 날의 풍경은 내 어린 시절 기억의 가장 아랫자리에 놓여 있다. 열두어 살 무렵에 마을 앞을 지나는 27번 국도가 아스팔트로 포장되었는데 그날 마을 아이들과 함께 뜨겁고 찐득한 길을 신나서 마냥 달리던 기억이 생생하다. 아스팔트 포장 공사 무렵 야심한 밤이면 마을에는 진풍경이 벌어졌다. 집집마다 손수레를 끌고 나와서 도로공사에 쓰려고 길가에 부려놓은 골재용 자갈과 모래를 몰래 실어다가 제 마당으로 옮겼다. 흙마당을 시멘트로 포장하는 데 쓰려고 그런 짓을 했다. 형들 가운데 누군가에게 과제 공책을 펴놓고 '근대화'라는 말뜻을 물었을 때 "흙을 안 밟고 사는 거"라고 말해주었다.

방학 때마다 우리는 힘겨운 과제를 받았다. 여름방학 때는 소주병에 잔디 씨를 채취해서 개학날 내야 했고, 역시 겨울방학에는 송충이를 통조림 깡통에 가득 잡아다가 제출해야 했다. 잔디

씨로 소주병 하나를 채우려면 어린아이가 땡볕 아래서 산과 들로 다니며 며칠씩은 깨알 같은 씨앗을 모아야 했다. 양은도시락 속에 넣는 반달 모양의 반찬통이 손아귀에 쏙 들어서 우리는 그것으로 잔디 줄기를 훑어 씨앗을 채취했다. 월동하는 송충이를 잡는 일도 만만찮았다. 송충이는 소나무 껍질이나 나무 밑동 근처의 돌 밑에서 겨울을 나는데 돌을 뒤집어보면 노래기만 한 작은 송충이들이 꾸물꾸물 붙어 있었다. 추운 겨울날 깡통을 목에 메고 숲을 헤집고 다녀도 좀처럼 깡통은 차지 않았다.

우리는 마을 형들과 누나들이 도시 노동자로 떠나는 모습을 보며 자랐다. 우리 마을은 아버지 대에 간척지 공사가 벌어져서 조성된 마을이라 농촌의 인근마을 중에서도 빈한한 마을 축에 들었다. 상급학교 진학을 위해 자녀를 도회지로 유학 보내는 집들은 드물었고, 대부분의 자녀들을 초등학교나 중학교를 졸업하면 객지로 내보냈다.

젊은이들이 도회지로 떠나서 마을에서는 청년들을 구경하기 쉽지 않았다. 그러는 중에도 고향집에 남아서 농민의 길을 걷는 두 청년이 있었는데 찬이와 칠이라는 두 아저씨가 그러했다. 찬이 아저씨는 야무진 사람으로 나도 두어 번 그의 짧은 행장을 소설로 옮겨보기도 한 인물이었다. 그는 우리 마을에 처음으로 경운기를 들인 사람답게 농기계를 잘 다루고 바깥일에도 밝아서 젊은 나이에 마을에서는 없어서는 안 될 인물이 되었다. 아이들도 그를 따랐다. 그가 한 마을 처녀와 혼례날을 잡아놓고 신방을 꾸밀 때 우리 같은 조무래기들까지 몰려가서 벽지 한 귀를 잡아주었다. 그러나 안타깝게도 그는 젊은 아내와 어린 자식들을 두고 감전사고로 세상을 떠나고 말았다.

칠이 아저씨는 바로 이웃해 살던 서른을 넘긴 노총각이었다. 학교 문턱도 밟아보지 못한 그는 찬이 아저씨와 달리 조금 얼뜬 구석이 있었다. 체대는 무슨 씨름꾼처럼 굵어서 동네에 힘쓸 일이 있으면 그가 불려나가곤 했다. 그는 노부모와 함께 지내면서 농사를 거들거나 항구에서 건어물상을 하고 있는 제 형의 가게를 드나들며 심부름꾼 노릇을 했다. 그이 아버지는 술과 놀이에 능한 노인네였다. 저녁나절이면 술에 거나하게 취해 목청껏 창가를 부르며 마을로 들어서곤 했는데 노인네는 골목에서 노는 아이들과 마주치면 예의 장난기가 발동해 코 하나를 손가락으로 틀어막고 쫓아왔다. 아이들에게 콧물 대포를 주겠다는 시늉이었는데 우리들은 도망치면서도 늘 유쾌했다. 그 노인네가 가끔 면소재지에서 취기에 무너질 때는 칠이 아저씨가 업고 돌아왔다.

그는 마을 남자들의 위계를 혼란에 빠뜨려놓고는 하였다. 가령, 그는 내 아버지를 형님이라 불렀는데 내 손위의 두 가형도 역시 그를 형님이라 불렀다. 그는 아버지와도 친했지만 우리 형들과도 친했다. 아버지가 젊었을 때 동네 사랑방에서 그에게 담배를 가르쳤다고 하는데, 우리 큰형은 그에게서 담배를 배웠다. 어느 날 점심상을 차리던 어머니가 부지깽이를 들고 그 집으로 쫓아올라가던 일이 떠오른다. 어머니는 봉창 뒤에 숨어 잎담배를 말아 피우는 형과 칠이 아저씨를 목격한 것이다. 자식 안 풀리는 데는 남의 자식 핑계 대기 십상이라지만 어머니는 칠이 아저씨를

두고두고 입에 올렸다.

아저씨는 친구가 없으니 우리들과도 어울렸다. 제삿집에 양푼을 던져 제사음식을 얻어먹는 담치기 놀이도 그를 따라다니며 배웠다. 아저씨는 멋진 사냥꾼이기도 했다. 덫을 놓아 노루를 잡고 산등성이에 헌 그물을 치고 아이들을 불어모아 토끼몰이를 하기도 했다. 깡통이나 양푼을 두들기며 "우여! 우여!" 소리를 내지르며 산토끼를 모는 일만큼 신나는 일도 없었다.

나는 초등학교 3학년 때부터 토굴 파기에 빠졌다. 아지트를 갖고 싶었다. 궁리 끝에 내가 설계한 아지트는 토굴이었고, 나는 '소망연구소'라고 이름을 붙였다. 장차 어른이 되면 우주여행을 하는 연구소에서 일하겠다는 소망을 키웠다. 내가 한참 토굴 파기에 빠졌을 때 거들어준 유일한 어른도 칠이 아저씨였다. 그는 우리들이 학교에 가고 없는 동안 혼자 토굴을 넓혀놓고는 했다.

중학교를 졸업하고 우리들은 뿔뿔이 흩어져 도회지의 상급학교로 유학을 떠났다. 칠이 아저씨를 다시 만난 건 내가 군에서 휴가를 나왔을 때였다. 세상을 뜬 아버지를 선산에 모시러 온 길이었다. 그는 껑충한 키에 발목까지 오른 양복을 입고 있었다. 그 사이 결혼을 해서 딸도 얻었노라 했다. 그는 폐가로 변한 자신의 집을 두고 눈물을 글썽였다. 대나무가 토방까지 솟아 있었다. 그는 내 손을 꼭 붙든 채 어눌한 목소리로 꼭 돌아와 집을 다시 짓겠노라 말했다.

그와 더불어 자란 우리들은 누구보다도 행복한 아이들이었다. 돌이켜볼수록 그는 세상에 둘도 없는 훌륭한 어른이었다.

소풍 2

나를 처음으로 백일장에 이끌었던 초등학교 4학년 담임선생님은 굉장한 대식가였다. 그분의 도시락은 흔히 우리가 '찬합'이라 부르는 식기였다. 3층 도시락에는 구운 갈치나 서대무침이 찬으로 들어 있기도 했다. 몸집이 비대한 선생님은 러닝셔츠 속옷 차림으로 교실 뒤편 창가의 책상에서 땀을 흘리며 식사를 하였다. 찬물만 마셔도 땀을 흘리는 체질인 모양이었다. 보통 교사들끼리 모여 식사를 하는데 유독 우리 선생님만은 교실에 남아 학생들과 함께 식사했다. 속 모르는 이들은 선생님의 남다른 제자 사랑을 얘기할지 모르나, 우리는 점심시간이 행복하지 않았다. 초등학교 4학년들의 점심시간은 얼마나 소란스러운가? 우리는 쥐 죽은 듯이 머리를 박고 도시락을 먹었다. 담임선생님은 학교에서도 소문난 호랑이 선생님이었다.

당시 나는 반장을 맡고 있었고, 회장은 미장원 아들이었다. 회장 아이는 도회지 아이처럼 얼굴이 희고 곱상하게 생긴데다가 공부도 잘해서 선생님들의 사랑을 독차지했다. 더구나 그 아이의 어머니는 우리네 농촌 어머니들과는 달랐다. 시골 학부형들이 운동회 때나 학교를 찾아오는 것과 달리 회장 어머니는 박카스를 사들고 수시로 학교를 방문했다. 내가 그 아이를 제치고 반장이 될 수 있었던 것은 순전히 그해부터 실시된 직선제 덕분이었다. 아이들은 도련님 같은 미장원 아이보다 콧물 흘리는 나에게 더 동류의식을 느꼈는지 모른다. 나는 처음으로 반장이 되었고, 그 아이는 처음으로 반장에서 떨어졌다. 내가 박빙의 승부 끝에 반장에 당선되는 순간 선생님이 짓던 표정을 잊을 수가 없다. 정말 한숨을 폭 쉬며 낙담을 하였던 것이다.

선생님의 식사는 도시락으로 끝나지 않았다. 나와 회장 아이는 남들보다 더 서둘러서 점심을 마쳐야 했다. 선생님은 면 거리에 유일한 중국집에서 짜장면 곱빼기를 대놓고 먹고 있었는데 매일 정확한 시간에 음식이 나와서 우리는 면발이 부르트기 전에 그것을 배달해야 했다. 회장 아이나 나나 그 일이 전혀 귀찮지 않았다. 오히려 나는 선생님의 짜장면을 배달한다는 사실에 우쭐한 기분이 들기도 했다. 그 교실에서 선생님의 관심은 어떤 특권과도 같았다.

우리에게 특권은 그것뿐이 아니었다. 학업 성취도가 미달인 아이들을 모아놓고 방과 후 학습을 시키는 '나머지 학습반'을 운영하고 있었는데 우리는 그 반을 실질적으로 지도하는 일까지 맡았다. 우리는 마치 준교사와 다름없는 대접을 받고 있었다. 선생님은 나와 회장 아이에게 아이들을 몇 명씩 할당해주고 그 아이들이 모두 과제를 완수해야만 집으로 돌아가게 했다. 때로는 저

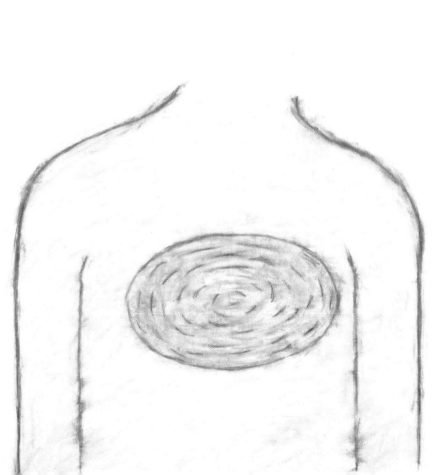

녁 어스름이 내릴 때까지 학교에 남아 있을 때도 있었다. 그 일을 두고도 나와 회장 아이는 경쟁을 하듯 열을 올렸다. 매일매일 선생님한테 평가를 받는 기분이었다.

봄소풍이 다가왔다. 소풍을 이틀 앞두고 선생님은 종례시간에 학급 임원들을 모두 일어나게 했다. 먼저 선생님은 나를 가리키며 말했다. "반장 니는 팥밥을 해온나." 처음에는 그게 무슨 말씀인지 알 수 없었다. 이내 나는 선생님이 당신의 소풍 도시락을 지정해주고 있다는 사실을 깨달았다. 회장 아이는 갈비찜을 맡게 되었다. 나는 몹시 속이 상했다. 갈비찜은 반장이 준비해야 할 것 같고, 팥밥은 회장 몫 같았다. 선생님이 정확히 가정 형편을 꾀고 계신다는 생각에 얼굴이 달아올랐다. 그리고 회장 아이를 더 편애한다는 사실을 확인한 기분이었다.

선생님의 소풍 도시락을 준비해 가야 한다는 말에 어머니는 펄쩍 뛰었다. 농사일도 바쁜데다가 시동생 병수발까지 들고 있었다. 아침마다 싸야 할 도시락이 네댓 개였다. 어머니는 그리고 무슨 팥밥이냐고 날 원망스레 바라보았다. 아이들끼리 회의해서 정해온 줄 아는 모양이었다. 급기야 어머니는 반장을 그만두라고 했다. 회장 아이는 갈비찜을 해가기로 했다고 나는 말했다. 어머니가 조용해졌다.

소풍은 바닷가로 갔다. 점심시간이 가까워지자 나는 선생님의 도시락을 들고 교사석이 마련된 솔숲으로 들어갔다. 찹쌀로 지은 팥밥을 준비했지만 선생님에게 가져가는 발걸음이 무거웠다. 찬합이 촌스럽게 여겨지고 뭔가 다른 음식을 준비했어야 하는 건 아닌가 하고 걱정이었다. 도시락을 내밀자 선생님은 잘 먹으마고 말했다. 나는 단 얼굴로 도망치듯 돌아섰다. 솔숲을 내려오다가 역시 갈비찜 그릇을 예쁜 보자기에 싼 회장 아이와 마주쳤다. 왠지 우리는 어색해서 고개만 끄덕이고 스쳐지나갔다. 어느 순간 나는 잔솔숲 뒤에 멈춰 섰다. 선생님과 회장 아이가 나누는 얘깃소리가 들렸다. "어머니께 고맙다는 인사말 꼭 전해라. 반장은 너가 했어야 하는데……"

며칠 동안 그 소리가 마음에 남아 나는 몹시 초췌해졌다. 그러구러 심신이 지쳐서 그랬는지 독한 감기에 걸리고 말았다. 고열로 이틀을 결석했다. 주말이 지났는데도 낫지 않아 부모님은 학교를 더 쉬었으면 했다. 나는 월요일 아침에 기를 쓰고 학교로 갔다. 부모님은 공부 욕심에 그런 줄 알았지만 내 걱정은 다른 데 있었다. 누워 지내는 며칠 동안은 나에게 악몽과도 같았다. 내가 없는 동안 선생님이 반장을 갈아치우리라는 걱정으로 잠을 이룰 수가 없었다. 실제로 그런 꿈을 꾼 적도 있었다.

6·25전쟁일 기념 백일장이 있고 며칠 뒤였다. 방과 후 나머지 학습이 끝났는데도 나는 교실에 남아 있었다. 회장 아이가 맡은 반이 아직 학습을 끝내지 않아서였다. 한 아이가 산수를 못 끝내고 눈총을 받고 있었다. 선생님은 교실 뒷자리에서 신문으로 얼굴을 덮고 주무시고 있었다. 나는 숙제를 하는 척하며 회장 아이의 반이 끝나기를 기다렸다. 둘이서 할 얘기가 있어서도, 함께 집으로 돌아가고 싶어서도 아니었다. 내가 없는 교실에서 선생님과 회장 아이가 무슨 이야기를 나눌지 질투심을 떨칠 수가 없었다.

어느 순간 나는 아랫배가 뭉근해지며 화장실에 가고 싶었다. 나는 참았다. 한번 교실을 나서면 그 조용한 교실에 다시 발을 들여놓을 수 없을 것 같았다. 기왕 기다린 것 조금만 참아보기로 했다. 괄약근에 힘을 주고 콧등에 침을 발라가며 의자에 앉아 있었다. 마침내 회장 아이가 선생님에게 보고를 하고 책가방을 싸는 모습을 보고 나는 교실에서 나왔다. 교사 뒤뜰에 있는 화장실로 가고 싶었지만 뛸 수가 없었다. 한 발 한 발 내딛는 게 고통이었다. 마침내 나는 2층 계단을 채 못 내려오고 바지에 변을 누고 말았다.

어이없고 수치스러워서 그 자리에 황망히 서 있었다. 나는 이내 사태를 파악했다. 누군가에게 들킨다면 나는 평생 '열두 살짜리 똥싸개'로 웃음거리가 될 것이다. 아무리 똑똑하고 재주가 많아도, 착하고 책임감 있어도 그저 바지에 똥을 싼 아이로 불릴 것이다. 다행히 주위에는 아무도 없었다. 복도에서 발소리가 들려오자 나는 서둘러 계단을 내려갔다.

학교 정문을 피해 뒷문으로 빠져나갔다. 뒷문으로 나서면 면 거리를 금방 벗어나고 농로와 산길로 걸을 수 있었다. 사람이 지나가면 엉덩이를 틀고 서 있다가 걷곤 했다. 온 세상이 내 엉덩이에서 피어나는 냄새로 가득찬 것만 같았다. 무사히 면 거리를 벗어나고 인적 없는 농로로 들어섰을 때 나는 훌쩍거리며 울었다. 도저히 수치심을 견딜 수가 없었다.

마을이 보이는 콩밭 가에서 걸음을 멈추었다. 큰집에서 짓는 콩밭이었는데 밭 가운데에는 금광을 개발했다가 무너져서 생긴 작은 못이 있었다. 못 자리는 움푹 꺼진데다가 오리나무가 그늘을 드리워서 남의 눈을 피해 씻기 좋은 곳이었다. 수온은 깊은 우물물처럼 차가워서 누구도 그곳에서 멱을 감지 않았다. 가끔 개나 돼지를 잡아 고기와 내장을 추리는 곳이었다. 나는 그곳에서 이를 달달 떨며 몸을 씻었다. 이제 마지막 한 사람만 피하면 이 치욕은 혼자서 간직할 수 있었다. 그것은 어머니였다. 나는 엉덩이 쪽이 노랗게 물든 바지를 찬물에 빨았다. 냄새는 가셨으나 좀처럼 누런 물은 빠지지 않았다.

이만하면 되었다 싶어 나는 젖은 바지를 다시 꿰입었다.

그렇다고 발걸음이 가벼울 리 없었다. 어머니에게 둘러댈 말이 걱정이어서 집이 멀기만 했다. 나는 수로에 빠졌다고 핑계를 댈 셈이었다. 마당으로 들어서자 어머니가 된장독을 푸다 말고 반갑게 맞았다. 나는 조금 과장해서 웃음을 지었다. 그런데 어머니가 내 몰골을 유심히 훑어보더니 한마디를 툭 던졌다.

"니, 똥 쌌냐?"

그 일이 있고 난 후 이상하게 나는 질투심에서 한결 자유로워졌다. 반장 자리를 회장 아이에게 앗겨도 견딜 수 있을 것 같았다. 다만 바지를 더럽힌 비밀만 지켜진다면 말이다.

국어 수업

'밥'이라는 낱말을 언제 처음 만났는지 모른다. '나'라는 낱말도 마찬가지이다. 물리적으로 기억할 수 없는 나이에 습득한 이 낱말들과의 첫 만남을 기억 못 하는 건 당연하다. 머리 쇠똥이 벗어진 뒤에 만났을 '사랑'이니 '죽음'이니 하는 낱말 역시도 언제 처음 귀에 익히고 혀에 올렸는지 모른다. '죽음'을 처음 발음할 때 내 혀가 두려웠는지, '사랑'이라는 말이 목구멍에 얼마나 오랫동안 잠겨 있다가 토해졌는지 알지 못한다. 누가 모든 호흡들을 기억하랴.

처음 만남이 또렷이 기억나는 낱말들이 아예 없는 건 아니다. 그 낱말들에는 그만한 사연들이 있을 것이다. 누군가 '죽음'이라는 낱말을 처음 만나는 순간을 간직하고 있다면, 그는 틀림없이 죽음만큼 무거운 체험을 거느리고 있을 것이다.

'환희歡喜'라는 낱말을 처음 접한 것은 예닐곱 살 무렵이었다. 환희는 당시 아버지가 즐겨 태운 담배 이름이었다. 햇살이 번져나가는 모양을 암적색 모자이크 무늬로 디자인한 이 담배는 언젠가 신문에서 보니 1960년대에 판매된 '신탄진' 다음으로 애연가들이 많이 찾은 담배라고 했다. 아버지는 담배 심부름을 곧잘 내게 시켰는데 백동전 하나를 꼭 쥔 채 고개 너머 먼 거리까지 그 상표를 외우고 가자면 여간 곤욕이 아니었다. 사고 체계가 아직 관념어에 취약했던 내게 환희는 그저 외우기 힘든 외국어 약품 이름과 다름없었다. 예닐곱 살 아이는 환희를 어금니에 물고 오만상을 찡그리며 고개를 넘어 다녔다.

때로 환희라는 낱말의 뜻을 마을 형들이나 어른들에게 묻기도 했다. 귀찮았는지 아니면 말이 짧아서였는지 거개가 담배 이름이지 뭐냐고 시큰둥했다. 개중에 더러 애를 써서 설명해주려는 이들도 있었다. 그중에 '박하사탕모냥 환해지는 기쁨'이라는 대답을 면 거리 간판장이 아저씨한테 들었다. 그 비유는 지금 생각해도 제법 그럴듯하다. 당시 누군가 사전 뜻풀이를 들려주었더라도 아마 박하사탕 비유만큼 실감나지 않았을 것이다.

당시 전매청에서 어떤 연유로 상표 이름을 환희로 지었는지 궁금하다. 새마을이나 거북선, 백자나 청자, 아리랑도 아닌 이토록 심미적인 이름을 붙일 생각을 했을까? 혹 그 낱말이 당시에 유행이었는지 모른다. 아니면 그 이름을 붙인 이가 지독한 애연가였든지.

요즘에도 초등학교 국어 교과서에 실려 있는 '한석봉과 어머니'의 이야기를 우리는 4학년 교과서에서 배웠다. 모자가 벌인 글쓰기와 떡 썰기 시합으로 유명한 그 일화 역시 나에게 어떤 낱말을 처음 만나게 해주었다. 석봉이 공부를 하고 돌아오는 길에 집이 내려다보이는 고갯마루에 서서 이제 어머니를 편히 모시겠다고 두 주먹을 불끈 쥐는 첫 단락이 나온다. 그 대목에서 당시 호랑이 선생님이자 교단시인으로 소문난 담임선생님이 아이들에게 문제를 냈다. 그 단락의 소주제를 여섯 글자로 표현하라는 거였다. 선생님의 질문은 곧 공포였다. 질문 뒤에는 꼭 매질이 뒤따랐던 것이다. 선생님은 걸상에서 빼서 만든 '각목'으로 답을 못 한 아이들의 엉덩이를 호되게 때렸다.

　복도 쪽에 앉은 아이들부터 차례로 일어서서 대답을 해야 했다. 아이들은 잔뜩 주눅이 들어 한 명씩 일어서서 대답을 해 나갔다. 언제나 그렇듯 선생님은 대답을 분류해 어떤 아이들은 교실 앞으로 나가라 하고, 어떤 아이들은 교실 뒤로 나가라고 했다. 대답 못 하는 아이들이 대부분이고, 어쩌다 한 아이가 '돌아오는 한석봉'이라고 답하면 그다음 아이도 선생님의 눈치를 살피며 같은 말을 읊조렸고, 선생님의 표정이 아니다 싶으면 그다음 아이는 입을 다물었다. 급기야 어떤 아이 입에서 '한석봉의 소원'이라는 대답이 나오자 선생님이 설핏 웃었다. 눈치 빠른 그다음 아이가 똑같이 대답을 했다가 몽둥이로 머리를 얻어맞았다. 웬만한 대답들이 다 나왔다. 사타구니가 졸밋거리는 살풍경을 떠올리면 '한석봉의 주먹'이라는 대답이 나오지 말란 법도 없었다. 마지막 분단에서는 거의 대답을 못 했

다. 교실 뒤로 나간 아이들은 세 명뿐이었다. 그들은 '한석봉의 결심'이라고 대답한 아이들이었다. 나는 그 아이들이 정답을 댔다는 사실을 알았다. 그런데도 차례가 되었을 때 나는 그렇게 대답할 수가 없었다. 부끄럽게도 '결심'이라는 낱말을 그날 처음 만나고 있었던 것이다. 마흔댓 명의 아이들과 함께 나는 엉덩이를 호되게 얻어맞았다. 지금도 '결심'이라는 낱말을 쓰려고 하면 나는 주먹이 아니라 엉덩이에 힘이 들어간다.

그 무서운 선생님이 6·25전쟁일이 가까운 하루 점심시간에 나를 찾았다. 선생님은 점심 도시락을 드신 다음 따로 짜장면을 아이들 편에 배달시켜 더 자시곤 했는데 나는 그 심부름을 시키려니 했다. 그런데 선생님이 인적 없는 복도로 나를 이끌더니 웬 쪽지 한 장을 내밀었다. 오후에 학교 동산에서 백일장이 있다, 네가 우리 반 대표다, 이걸 그때 원고지에 옮겨 적어라. 나는 자리로 돌아와 쪽지를 가만히 펼쳐보았다. 백일장이라는 말도 생소했고, 선생님이 적어준 쪽지도 형들 연애편지처럼 낯선 말투성이였다. 그날 오후에 나는 선생님이 시키는 대로 했다.

며칠 후 교무실 앞을 지나다가 나는 여러 선생님들로부터 칭찬을 받았다. 어린 것이 어떻게 그런 시를 지을 수 있느냐며 나도 기억에 없는 몇 줄 시구를 손수 읊어주는 선생님도 있었다. 그다음 주 월요일에는 조회대에 올라 상을 받았다. 어린 마음에도 몹시 곤욕스러웠다. 일은 거기에서 그치지 않았다. 특별활동시간에 문예반 선생님이 찾아왔다. 나는 주산반에서 "털고 놓기를……" 하면서 주판알을 튕기고 있었다. 주산반 선생님과 문예반 선생님이 얘기를 나눈 끝에 나는 문예반으로 옮기게 되었다. 근심스러웠다. 백일장 일도 그렇고, 문예반이 주산반보다 왠지 실속 없어 보였다. 더구나 부모님은 내가 주산을 6급까지 따놓은 터라 마뜩잖아 했다.

어쨌든 그날부터 주산을 접고 원고지를 들었다. 담임선생님이 건네준 쪽지, 글자가 가득하되 나에게는 백지와 다름없던 그 쪽지를 받는 순간부터 내 운명이 문학 쪽으로 기울었다고 생각할 때마다 엉덩이가 뜨끔해지곤 한다. 그 운명도 찾아온 것이라 할 수 있을까? 마음이 부끄러워지면 자위한다. 그래, 나는 '문학' 쪽으로 스카우트된 거야.

『선데이 서울』과 연애편지

　고등학교 2학년 겨울방학을 나는 고향집 근처 절에서 지냈다. 그때도 방학은 명목뿐 학생들은 등교해서 보충수업을 받아야 했다. 고3을 코앞에 둔 겨울방학을 자율적으로 보내겠다는 계획을 어른들에게 납득시키기가 쉽지 않았다.

　부진한 입시 준비를 나름대로 메워보려고 절에 하숙을 구했지만 당시 나는 학교생활이 숨막혀서 어디로든 도망치고 싶은 마음이 간절했다. 낙오자로 끝없이 추락해가는 듯한 소외감과 열패감, 매 순간 자기 합리화에 빠져 산다는 자괴감, 하다못해 옆자리 친구들에게는 적의마저 치밀었다. 그들 역시 나와 다름없이 안간힘을 쓰고 있을 터인데 나는 그들이 자의식 없이 현실에 순응하는 속물들처럼 여겨졌다. 그 시간을 견딜 수 있게 해준 것은 일기 쓰기와 소설 쓰기였다. 나는 고1 때부터 자취방에서 밤을 새워 소설을 쓰고 있었는데, 이 년간 아무에게도 보이지 않고 홀로 끼적거린 소설이 30편에 이르렀다. 그렇다고 내 꿈이 작가였던 것은 아니었다. 일종의 보상 심리였다. 성적에 대한 중압감을 벗어

날 방도를 못 찾은 나는 탈선할 용기도 없었던 것이다. 소설을 쓰고 있는 동안에는 값진 일을 하고 있다는 충만감이 들곤 하였다. 그 방학을 앞두고 나는 그 짓도 그만두자고 마음을 먹었다. 초조감이 이루 말할 수 없었다. 그러니까 절로 향한 내 발걸음은 도피에 다름아니었다.

다시 말하지만 나는 입시를 포기하려고 산으로 든 건 아니었다. 고시생처럼 그곳에서 학업에 정진할 결심이었다. 당시 이장호 감독이 이현세 만화가의 프로야구만화를 영화화한 '공포의 외인구단'이 젊은이들에게 인기 있었는데 혼혈인, 외팔이, 고아, 술꾼 따위의 소외된 인생들이 무인도에서 지옥훈련을 거쳐 멋지게 재기하는 모습을 그린 판타지였다. 나는 영화 주인공들처럼 부모님과 선생님, 그리고 친구들을 향해 보란듯이 홈런을 날려주고 싶었다. 세상에서 가장 외지고 깊은 곳에서 스스로 구원받고 싶었다.

스님이라고는 비구니 한 분뿐인 절은 자그마한 암자와 다를 바 없었다. 살림을 돌보는 보살 한 분, 그녀의 여섯 살 난 어린 딸, 그리고 그 아이와 친구처럼 늘 붙어다니는 누렁이 한 마리가 절 식구의 전부였다. 절은 한때 신자들을 상대로 하숙을 치기도 했는지 방 둘 달린 작은 요사채가 법당을 비껴서 언덕에 있었다. 토방은 철 지난 빗물 자국과 낙엽으로 어수선했다. 아예 방 하나는 구들이 꺼져 있었다. 스님은 식사는 제공할 수 있지만 땔감은 대줄 수 없다고 말했다. 나는 시골 출신이라 땔감 장만쯤은 손수할 자신이 있었다.

산사생활은 생각보다 훨씬 단조로웠다. 흔히들 절에 깃드는 것만으로도 어떤 정신적 세례를 받으리라 믿지만 실상 절은 아무것도 없는 곳인지도 모른다. 우리 스님은 내 영혼을 밝혀줄 말씀 한마디 내놓지 않았다. 스님은 입시생을 둔 불자들을 위해 백일기도에 들어서 공양 때 말고는 얼굴을 뵐 수 없었다.

공양 때면 보살의 어린 딸이 요사채 마당으로 달려와 제 어미를 흉내내서 '학생!' 하고 불러서 식사시간을 알렸다. 절에 머문 한 달 반 동안 그 아이의 목소리는 늘 반가웠다. 나는 아침공양이 끝나면 도끼와 낫을 챙겨서 산으로 올랐다. 점심때까지 고사목을 베고 등걸을 뽑고 솔방울을 모아두었다가 오후에는 지게로 져 날랐다. 그리고 저녁공양 때까지 아궁이 앞에 쪼그리고 앉아 군불을 지폈다. 불 넣는 일만큼 시간을 잊고 탐닉할 수 있는 노동도 흔치 않다. 부지깽이와 함께 영어 참고서를 들었으나 무시로 나는 공상에 빠지곤 하였다. 그리고 저녁을 먹고 앉은뱅이책상 앞에 앉으면 몸이 노곤해져서 졸음이 몰려왔다.

이대로 지낸다면 불만 때다가 하산하기 싶었다. 머잖아 나무하는 일도 손에 익어 시간이 갑절은 줄었지만 그렇다고 당장 책이 손에 잡히지는 않았다. 나는 나무를 해놓고 산등성이에 앉아 산 아래로 펼쳐진 남도의 바다와 섬들을 하염없이 바라보곤 했다. 말동무가 없으니 자연 생각을 많이 하게 되고 그러자니 마음이 잔잔해졌다. 절이라는 곳은 그런 곳인가보았다. 말씀을 듣는 곳이 아니라 적막 속에서 돌올해지는 제 영혼에 말을 거는 곳이 아닐까 싶었다.

나는 하루 낮에 문득 길을 나섰다. 해변을 따라 항구까지 걸어갔다. 문방구에 들러 원고지를 사고, 헌책방에서는 『사반의 십자가』니 『분례기糞禮記』 같은 소설책 몇 권을 구했다. 그 책들을 나는 아궁이 앞에서 읽어나갔고, 밤이면 원고지를 펼쳐 무엇인가를 써내고 있었다.

사내 하나가 절을 찾아온 것은 절생활을 스무 날 남짓했을 무렵이었다. 나는 단편소설 한 편을 거의 끝마쳐가고 있었다. 사내는 삼십대 중반으로 키가 훤칠했다. 인근 소도시의 고등학교에 근무하는 영어교사라고 했는데 그 도시는 내가 다니는 학교가 있기도 했다. 그는 한 달쯤 머물기를 원했다. 보살이 이불 한 채를 내 방에 부려놓았다.

말을 못 해서 그렇지 나는 이 동거인이 마음에 들지 않았다. 고적한 내 방에 남을 들인다는 것도 그랬고, 그가 교사라는 사실 또한 불편했다. 내 방이 하루아침에 교실로 변할 것 같은 기분이었다. 나는 아예 영어책을 덮어서 한구석으로 밀어버렸을 정도로 그의 존재가 불편했다.

그 역시 나를 바라보는 눈빛이 탐탁지 않았다. 뭐 이런 놈이 있어? 하는 표정이었다. 고등학생 주제에 공부한답시고 산방을 차지하고 앉아 있는 품새가 기특하기보다 꼴사나웠을 것이다. 우리는 말없이 서로에게 적응하느라 며칠을 보냈다. 좁은 방이지만 서로 공간이 분할되고 겨우 안정을 찾아갔다. 우리에게는 음악도 없었고 대화도 없었으며 그저 서로의 숨소리뿐이었다. 내가 그를 늘 의식했다면 그는 마치 나를 없는 사람처럼 행동했다. 그렇다

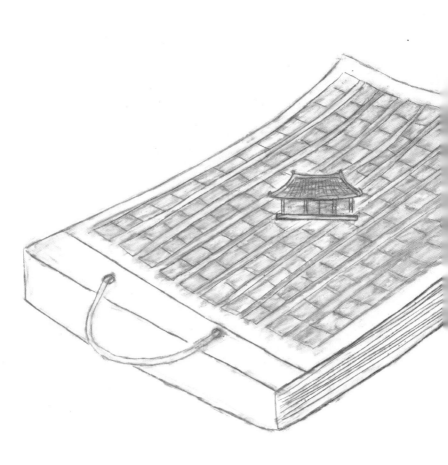

고 상대를 무시하는 느낌은 아니었다. 무심하다고 해야 할까.

날이 갈수록 그에 대한 불만이 생기는 것은 어쩔 수 없었다. 그가 항상 먼저 잠자리에 드는 게 나는 불만이었다. 불을 꺼야 할지 말아야 할지 고민스러웠다. 그리고 그는 참으로 신장이 길었다. 절에서 내준 이부자리가 짧아서 그가 누우면 무릎 아래로 다리가 한 자는 드러났다. 밤마다 나는 요를 끌어다가 덮어주어야 했다. 그러자니 그가 먼저 잠자리에 눕는 행위가 내게 그 일을 시키려고 그러는 것만 같았다.

결정적으로 내가 불만스러웠던 것은 땔감 문제였다. 처음 며칠 동안 그는 나를 따라 산에 올라 땔감 장만을 거들었다. 체격과 달리 일솜씨는 형편없었다. 그러더니 그가 나무하는 일에서 슬그머니 빠졌다. 미안해하는 구석은커녕 그저 흥미 없다는 태도였다. 나는 왜 공평하게 노동을 하지 않느냐고 불만을 토로할 수가 없었다. 그가 어른이고 선생이어서가 아니었다. 그는 숫제 방을 덥히는 일 따위가 뭐가 중요하냐고 생각하는 사람처럼 보였다. 비로소 나는 그의 무심한 태도가 어디에서 연유하는지 깨달았다. 그러니까 그는 삶을 포기해버린 사람 같았다. 욕망이 없는 사람한테 왜 욕망이 없느냐고 비난할 수는 없는 노릇이었다. 나는 툴툴거리며 혼자 나무를 해다가 불을 지폈다. 애초에 우려했던 대로 결국 나는 상전을 모신 꼴이 되고 말았다.

그는 자기 책상에 긴 그늘을 드리우고 종일 뭔가를 열심히 썼다. 그는 책상에 물건을 늘어놓고 사는 사람이 아니었다. 잠자리에 들기 전에 새벽에 일찍 길을 나설 사람처럼 절에 나타날 때

가져온 가방에다가 빨랫감까지 집어넣었다. 나는 그가 무엇을 쓰는지 알 수 없었다.

그런 틈바구니에서 나는 겨우 60매 분량의 소설을 마쳤다. 「우산 속의 애화」라는 제목의 단편은 이북 실향민 출신 부부의 이산가족 찾기 이야기였다. 고생 끝에 가족을 찾고 보니 그들 부부가 배다른 남매였다는 내용이었다. 그런 사연을 신문에서 꽤 강렬한 느낌으로 읽은 적이 있었다. 영어라면 모를까 나는 이 소설 정도는 그에게 보여주고 싶었다. 은근히 나를 알아봐달라는 마음이 작용했으리라. 불쑥 원고를 내밀고 소설이라고 하자 그는 한숨을 폭 내쉬었다. 그는 말없이 원고를 받아서 그 자리에서 읽어내려갔다. 나는 계면쩍어서 마당으로 나가 군불을 지폈다.

방에 들었을 때 그는 노트에 뭔가를 쓰다가 덮었다. 소설 원고는 내 책상으로 돌아와 있었다. 나는 궁금한 얼굴로 그를 바라보았다. "뭔 얘기가 그래? 꼭 『선데이 서울』에나 나올 법한 이야기구만." 그는 그렇게 말하고 다시 등지고 돌아앉았다. 그게 무슨 말인지 나는 금방 알아차렸다. 이야기가 황당하고 엽기적이고 선정적인데다가 어쩌면 개연성도 없다는 뜻이었다. 그런 모욕을 받고 나니 나는 참을 수 없었다. "선생님이 소설이 뭔지나 아세요?" 그가 몸을 돌리고 앉았다. "글쎄, 그냥 내 느낌을 말했을 뿐이야. 난 정말 아무 감동도 받지 못했다." 나는 원고를 들고 나와 아궁이에 집어넣어버렸다. 그리고 부지깽이를 쑤석거리며 울었다.

어느덧 기한이 차서 절을 떠날 날이 왔다. 소득도 없이 방학이 끝났다고 생각하니 더없이 착잡했다. 떠나기 하루 전날 선생이 점심을 사겠노라 했다. 그는 항구로 데려가서 삼겹살을 사주었다. 우리는 따로 온 손님처럼 식사를 했다. 나는 밥을 두 공기나 비웠고, 그는 소주를 한 병 비웠다. 이상하게도 나는 그와 이런 식사가 전혀 어색하지 않았다. 식사가 끝날 무렵 그는 내게 어디로 갈 거냐고 물었다. 나는 학교로 돌아갈 거라고 말했다. "그럼, 부탁이 하나 있다. 사람을 찾아서 물건을 좀 전해줘."

이튿날 절을 나서는 내게 그는 편지 묶음을 들려주었다. 제대하는 군인의 사물처럼 편지는 두툼했다. 날마다 그가 골몰해서 써낸 것이 이 편지들인 모양이었다. 그는 편지를 전해야 할 사람의 전화번호와 이름이 적힌 쪽지를 내밀었다. 여자였다. "이걸 가져가면 그 사람이 짜장면쯤은 사줄 거다." 미안하다는 표현이었겠지만 그는 끝까지 자존심을 긁었다. 나는 산을 내려가자마자 편지를 버리겠다고 생각했다.

산을 내려오다가 나는 양지바른 무덤가에서 쉬면서 그의 편지 묶음을 풀었다. 애초부터 부칠 마음은 없었던지 주소도 없는 봉투는 봉해지지 않은 채였다. 이미 나는 그의 편지를 하찮게 여기고 있었으므로 그중 하나를 꺼내 읽으면서 죄책감 따위는 들지 않았다. '숙!' 하고 불러놓고 시작되는 편지는 구구절절했다. 인정하고 싶지는 않았지만 정인에게 보내는 그의 편지는 정말 감동적이었다. 여자는 비록 떠났지만 이 편지를 받고 나면 분명 돌아오리라는 확신이 들었다. 적어도 글이 이쯤은 돼야지. 나는 뭉클한 마음으로 숭얼거렸다. 처음으로 선생에게 질투심이 들었다. 그리고 그 여자가 도대체 어떤 여자인지 내 눈으로 보고 싶었고, 그들의 사랑을 연결해줘야겠다는 사명감마저 생겼다.

소도시로 와서 나는 여자에게 전화를 넣었다. 여자는 한동안 당황해서 말을 못 잇더니 만날 장소를 알려주었다. 나는 공중전화가 있는 어느 주택가 슈퍼마켓 앞에서 그녀를 기다렸다. 머잖아 여주인공이 나타났다. 별로 예쁘지도 않은 처녀였다. 그리고 그녀는 어머니로 짐작되는 여자를 대동하고 있었다. 내게서 편지를 받아간 사람은 그 늙은 아주머니였다. 감시자처럼 표정이 냉연했다. 그들은 고맙다는 말 한마디 없이 돌아섰다.

내 사명은 그렇게 쓸쓸하게 끝났지만 나는 새로운 각오로 학교로 향하는 발걸음이 가벼웠다. 나는 작가가 되기로 결심했던 것이다.

갈치

어머니가 느닷없이 시골에 사는 외당숙을 욕했다.

"원, 얌전한 괭이 부뚜막에 몬자 오른다더니만 남우세스럽지도 않는가베. 그 나쎄나 자셔설랑."

외당숙은 회갑년을 서너 해 전에 물린 농부로 건실하고 가정적이라고 소문이 자자한 양반이었다. 항시 어머니에게도 자랑이었다. 그런 외당숙을 어머니가 무슨 파락호 성토하듯 하는 것을 보면 그만한 사정이 있는 듯하였다.

사연인즉슨 외당숙모가 기백만 원을 들여 큰굿을 하였다는 것이다. 말 그대로 무당을 불러 푸닥거리를 했다는 것인데, 기이하게도 그게 외당숙의 바람기를 잡는 굿이었다. 나는 절로 눈이 휘둥그레졌다. 그런 굿도 있나, 하는 의문에 앞서 그 사연이 궁금하지 않을 수 없었다.

어머니는 전에 없이 사연을 술술 읊어놓으셨다. 그만큼 어머니가 흥분해 있다는 반증일 거였다.

외당숙이 담을 두고 사는 과부댁과 바람이 난바, 과부댁이 담

너머로 고개를 갸웃이 내밀고 눈을 찡긋거리는 현장이 당숙모에게 발각되었다. 이 대목은 아마 어머니나 외당숙모 둘 중 한 분이 표현을 완곡하게 하느라 지어낸 말 같았다. 그 정도를 두고 바람이 났다고 할 수는 없을 테니 말이다. 어쨌든 외당숙모는 남편을 다그쳤다. 외당숙이 변명하며 "나가 뭐에 씌었는갑네. 자꾸 헛것이 보인단 말시. 굿 좀 해주소" 하고 굿을 자청했다.

외당숙이 위기를 모면하려고 둘러댄 변명도 변명이거니와 덥석 굿판을 차려준 외당숙모의 자기 위안의 행위가 내게는 우습기만 했다. 그렇지 않겠는가? 굿을 한다는 행위는 온 동네에 그 사연을 드러내놓자는 의도. 다 까발려지더라도 외당숙모는 그 방식으로 자존심을 지키고 싶은 심정이었을 것이다. 내 남편은 과부댁과 바람이 난 게 아니라 귀신에 씌어 벌어진 실수였다고 말이다.

그러고 보면 이런 기상천외한 방식으로 은밀한 사랑의 행위가 행해지고 또 결딴나는 일들을 나는 고향에서 심심찮게 목격했다. 예전에 우리 마을에서 일어난 과부와 유부남 사이에 얽힌 해프닝은 그런 사례 중 하나다.

우리 마을에 한 과부댁을 두고 경쟁적으로 사내들이 전답 쟁기질을 해준 일이 있었다. 예전에는 그런 일이 드물지 않았다. 형사취수(兄死娶嫂) 풍습과 같은 것으로 공동체가 노동력이 취약한 과부집 생계를 챙겨주는 역할도 했다. 몇 해 전에 나는 부인을 여섯이나 둔 화전민 출신 노인을 만난 적이 있는데 그이의 경우가 그러했다. 노인은 과부가 생길 때마다 거친 농사일을 돌봐주고 그 집들을 출입하다보니 호적에 올린 아내가 둘에 공공연한 아내가 넷이나 되었다고 했다.

우리 마을 과부댁은 그렇게 호락호락하질 않았다. 어찌 보면 얄미우리만큼 적당한 선에서 처신하며 사내들의 욕망을 부릴 줄 알았다고 할까.

그중에 한 유부남이 쟁기질로는 안 되겠다 싶었는지 다른 방법으로 유혹했다. 다름 아닌 갈치였다. 이 사내는 과부댁이 유난히 갈치에는 사족을 못 쓴다는 사실을 알고 밤마다 남모르게 과부댁 툇마루에 갈치 꾸러미를 갖다 놓곤 했다. 현물 공세인 셈이었는데, 그 비밀스런 구애가 꽤나 여러 날 계속되었다. 과부댁은 그에게 별 마음이 없었던 모양이다. 소리 소문 없이 갈치를 착실히 구워먹고도 티를 내지 않았다.

그렇다고 언제까지나 갈치를 받아먹을 수 있었던 건 아니다. 이쯤이면 과부댁이 마음의 빗장을 풀었겠다고 믿은 사내는 마침내 자신의 존재를 드러냈다. 달 밝고 조용한 밤이었다. 사내는 갈치 꾸러미를 툇마루에 올려놓고 그날은 그냥 돌아서지 않았다. 그는 한참을 망설인 끝에 문고리를 흔들며 방에 대고 속삭였다.

"어이, 나여. 갈치."

아마도 그는 꽤나 감동적인 순간을 기대했는지도 모른다. 하나,

"허이고! 이 양반 좀 보소. 나가 갈치에 넘어갈 여편네로 보였등갑네" 하고 온 동네가 깨도록 과부댁은 소리쳤다. 평소 그 사내가 동네 인심을 잃고 살았기도 했지만 그 일을 두고 사내를 욕하는 이는 많았어도 과부댁을 욕하는 이웃은 드물었다.

방앗간과 사탕

'오마도(五馬島)'는 소록도 한센인들을 소재로 한 이청준 선생의 장편소설 『당신들의 천국』에 나오는 지명이다. 1962년 한센인들이 정착지를 만들겠다는 일념으로 거의 맨손으로 바다를 메우는 간척공사를 벌였다. 우여곡절 끝에 1988년 완공된 오마간척지에는 한센인들이 한 명도 정착하지 못했다. 오마도는 그 간척공사로 너른 들에 자리잡은 육지 마을이 되었다.

막내이모와 이모부는 그 사연 많은 마을에서 오랫동안 방앗간을 했다. 얼마 전에 이모부를 만났을 때 방앗간 문을 닫았다고 했다. 재래식 방앗간은 이제 규모 있고 시설 좋은 도정공장에 밀리는데다가 웬만한 농가에서는 가정용 도정기를 구비해놓고 산다고 하였다. 이모부는 방앗간이 애물단지가 되었다고 걱정이 많았다. 고물로 처분하재도 백만 원이나 받을까 싶고, 아까운 마음에 남겨두자니 여간 신경이 쓰이지 않는다는 거였다. 지난해 태풍에는 양철지붕이 날아가 큰 사고가 날 뻔했다. 나는 방앗간을 박물관으로 남겨두자고 권했다. 소록도 한센인들에 씻을 수 없는

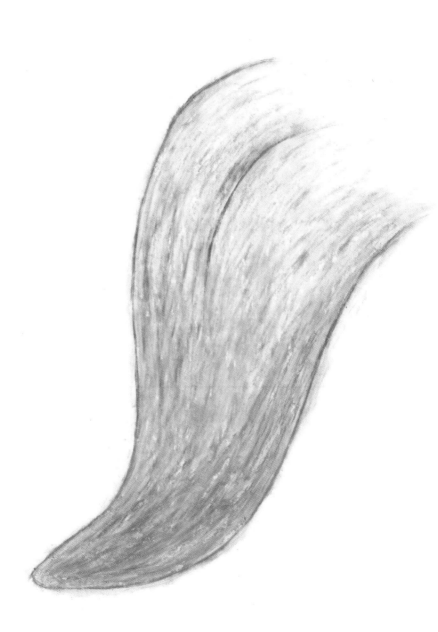

상처를 안긴 당사자는 정부이지 이모부처럼 간척지를 불하받은 일반 농민들은 아니었다. 나는 한센인들의 역사를 위해서도, 내 작은 추억을 위해서도 방앗간이 보존되었으면 싶었다.

어찌 보면 방앗간은 농촌사회에서 유일하게 목격할 수 있는 근대적인 공장이었다. 디젤 발전기로 돌아가는 방앗간에 들어서면 거대한 시계의 태엽 같은 부속들이 우렁찬 기계음과 먼지를 쏟아냈다. 농촌의 겨울은 잠들지만 방앗간은 겨우내 깨어서 쌀을 찧어냈다. 마을별로 방아 찧는 날을 예약해두었다가 날이 되면 소달구지에 나락을 싣고 방앗간으로 갔다.

내가 방아 찧는 길에 따라나서기 버릇한 건 아마 여섯 살 무렵부터였을 것이다. 인적 없는 산길을 통과해야 너른 들이 나오는 길은 꽤나 으스스했다. 그 길에서 일어난 아주 엽기적인 살인 사건이 전설처럼 전해지고 있었다. 석유집 아들과 신발집 아들이 있었는데 한 처녀를 동시에 사랑하게 되었다. 급기야 사내들 사이에 다툼이 벌어졌고, 석유집 아들이 신발집 아들을 톱으로 살해한 사건이 일어났다. 내가 태어나기 전 일이라고 했다. 그래도 달구지를 타고 그 길을 지날 때는 자연 온몸이 움츠러들었다.

방앗간 앞에는 주점이 있고, 점방이 있었다. 그곳에서는 종일 노름판이 벌어졌다. 점방에는 내 또래 여자아이가 있었다. 부스스한 머리에 콧물을 많이 흘리는 아이였다. 방앗간을 따라오는 아이는 나밖에 없는 것 같았다. 방앗간을 구경하는 일도 금방 시들해지고, 나는 이내 주전부리에 눈이 멀어 점방을 기웃거렸다. 어느 결에 그 집 딸아이가 내 곁으로 다가와 있었다. 사탕을 물어서 볼이 불룩했는데 콧물이 고양이 수염처럼 말라붙어 있었다. 그 아이가 입에서 굴리던 사탕을 내밀었다. 하도 군침을 흘리던 참이라 나는 콧물이 께름칙한데도 받아서 입에 넣었다. 그런데 그 아이가 다시 돌려달라는 게 아닌가. 그러니까 그 아이는 아예 준 게 아니라 한 번 빨아보라고 내민 것이었다. 나는 아쉬워하며 사탕을 돌려주었다.

우리는 금방 친구가 되어 소꿉놀이를 하고 놀았다. 나는 아빠, 그애는 엄마였다. 방앗간 뒤편으로 갔다가 쌀겨를 뒤집어써서 노인이 되어 돌아오곤 했다. 그 아이는 꼭 "냠냠, 밥 묵자" 하는 놀이시간이 되면 입에서 사탕을 뱉어내 내밀었다. 역시 한 번 빨고 돌려주어야 했다. 아침 먹고 돌아서면 점심이고, 저녁이었다. 해가 뉘엿뉘엿 저물 무렵, 우리집 방아가 끝나서 달구지에 올랐다.

이듬해에도 방앗간을 찾아 그 점방 딸아이를 만나서 놀았다. 일 년 만인데도 우리는 어제 헤어진 아이들처럼 신랑 신부가 되어 소꿉놀이를 했다. 그 아이에게 사탕을 받아먹을 때면 어린 마음에도 장차 그 아이의 진짜 신랑이 되면 어쩌나 겁이 나곤 했다. 그런데도 사탕의 유혹을 물리치기 어려웠다.

그다음 해에 다시 방앗간을 찾았을 때 점방 문은 굳게 닫혀 있었다. 어른들은 그 집 사람들이 돈 문제로 야반도주를 했노라 했다.

방앗간처럼 잔해만 남은 기억인데도 그 사탕 맛과 아련한 두려움은 시금도 또렷하다. 이 추억을 위해서도 방앗간이 하나쯤은 세상에 남아도 좋지 않을까.

오월 손님

아까시 꽃이 피는 오월이면 해마다 마을 고갯마루를 찾는 손님이 있었다. 꿀벌을 치는 이들이었다. 그들은 숲에다가 천막을 치고 달 보름 남짓 머물다가 밤꽃까지 보고 떠났다. 우리는 그 사람들을 '벌집'이라고 불렀는데, 타관사람 구경이 쉽지 않은 지방이라 등하굣길 길목에 들어서는 벌집은 아이들에게 늘 관심거리였다. 집 하나처럼 큼지막한 천막과 솔숲으로 흘러나오는 라디오 소리, 마을 사람들과 일정하게 거리를 두고 사는 사람들이 자아내는 은밀함, 그리고 더러 운 좋은 아이들 중에 벌집에서 얻어먹었다는 따끈따끈한 밀랍 찌끼에 대한 이야기는 그들의 존재를 신비롭게 했다.

두어 해를 내리 중년 부부가 오더니 그해에는 사람이 갈리고 웬 청년이 하나 벌통을 싣고 나타났다. 그를 직접 만난 건 며칠 뒤였지만 나는 이미 소문으로 멋쟁이 청년이 왔다는 사실을 알고 있었다. 숲 아래쪽에 저수지가 있었는데, 청년이 미끼도 없는 낚시로 붕어를 쌍으로 건져냈다고 친구들이 무슨 기담처럼 전했다. 낚시를 해본 사람은 알겠지만 붕어는 산란기가 끝날 무렵 우중에는 마치 춘궁기를 겪는 짐승처럼 미끼 없는 낚싯바늘을 물고 늘어졌다.

청년은 대번에 이 시골 아이들에게 영웅이 되었다. 그날 우연찮게 청년의 낚시를 구경한 아이들은 그와 가까운 사이가 되어 천막을 자유롭게 출입해서 부러움을 샀다. 그의 출현으로 돌연 마을 아이들은 벌집 청년과 친한 아이들과 그렇지 않은 아이들로 나뉜 느낌이었다.

벌집 청년은 비단 아이들에게만 인기 있었던 건 아니다. 그가 휴학중인 대학생이라고 알려져 고등학생 누나들이 술렁거렸다. 그는 마치 모터사이클 선수처럼 위아래로 주홍빛 옷을 차려입고 오토바이를 몰았다. 천막 앞에 의자를 내놓고 앉아 책을 읽는 모습은 어쨌든 이 지방에서는 이채로운 풍경이었다.

그를 가까이에서 만나게 된 건 그가 오고 보름쯤 지났을 무렵이었다. 우리집을 오르는 골목길은 삼나무 그늘이 깊었는데, 어느 날 갑자기 '오파스'라 이르는 땅벌들이 출몰하여 더는 골목 출입을 못 할 지경이 되었다. 벌들은 우리집 돼지우리 옹벽 땅속에다가 집을 짓고 살았다. 나는 바깥출입을 하려면 집 뒤꼍 밭둑으로 에돌아 다녀야 했다. 아버지에게 몇 차례 하소연했지만 아버지는 겁 많은 아이 취급했다. 그러다가 정작 당신이 겨드랑이 쏘이는 일을 당하고 나서야 부랴부랴 땅벌 처치에 나섰다. 저녁에 마을 청년들이 옹벽 속에 든 벌집을 제거하러 모였는데, 벌집 청년도 끼어 있었다. 그는 전문가답게 복면포와 훈연기를 갖추고 있었다. 아버지가 벌집 구멍에 농약 분무를 하고, 청년들이 한쪽에 다가 젖은 쑥불을 놓았다. 벌집 구멍은 곡괭이로 파헤쳤는데 꽤 깊이 파냈는데도 쉬 나타나지 않았다. 한참 만에 벌집이 드러나고 땅벌들이 쏟아져나오자 미리 준비해둔 기름을 끼얹고 횃불을 붙여 태웠다. 청년들은 벌집이 세숫대야만 하다고 했다. 그날 밤 밤늦도록 집 마당에서 술추렴이 있었고, 청년도 마을 사람이 된 양 어울리다가 돌아갔다. 그가 지나가는 말처럼 내게 천막에 놀러오라고 말했으나 좀처럼 기회가 닿지 않았다.

그 여름 등굣길에 길가에서 삐라를 한 장 주웠다. 지폐만한 쪽지에는 '전두환은 살인마'라는 글이 박혀 있고, 핏빛으로 물든 화마의 가면을 쓴 대통령이 그려져 있었다. 학교에서 배운 대로 그것을 경찰서로 가져갔다. 경찰관은 의외로 침착했다. 또 주워왔느냐, 지겹다는 표정이었다. 나는 학년, 반, 이름을 대고 공책 세 권을 받아왔다.

그 한 해 전, 우리는 광주에 폭동이 일어났다는 소식을 들었다. 광주로 유학 간 이웃마을 고등학생이 이틀이나 자전거를 몰아 광주에서 겨우 살아왔다는 소문이 돌았다. 폭도들이 점점 세를 넓혀서 머잖아 벌교를 지나 고흥까지 치고 올 거라는 흉흉한 말마저 나돌았다. 그래서 마을 아이들은 뒷산에 올라 나무총을 들고 북쪽 마을 문관을 바라보곤 했다. 그건 마치 전쟁 소식처럼 두려우면서도 한편으로 호기심을 자극했다. 우리는 정말 폭도들로부터 고향을 지켜야 한다는 일념 아래 나무총을 쥐고 제법 진지하게 능선에 서 있었던 것이다. 끝내 폭도들은 내려오지 않았다.

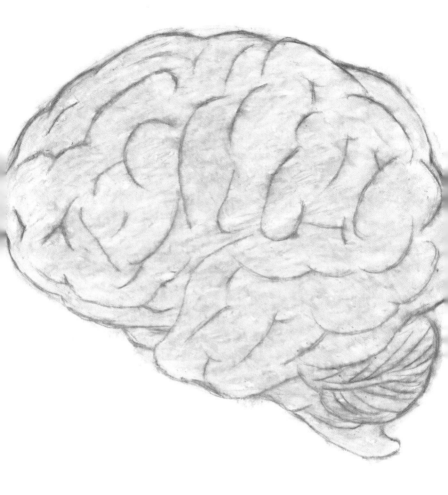

중학생 때 갖가지 진기한 이야기로 수업시간을 때우는 나이든 선생님이 있었다. 그분이 광주 이야기를 들려주었는데 깡패들이 일으킨 폭동이라고 했다. 깡패들이 버스에 올라 맨주먹으로 버스 천장을 쳐서 급기야 천장이 날아갔다는 이야기를 들려주었다. 그 선생님은 곧잘 여순 반란 이야기도 했다. 반란군들이 트럭을 타고 나타나 저수지에 총질을 해서 청둥오리를 잡아갔다는 이야기였다. 우리는 그런 이야기를 어떤 이야기보다도 흥미롭게 들었다. 어쨌든 그런 얼토당토않은 이야기 속에서 우리는 자랐다.

삐라를 줍고 며칠 후 하굣길에 친구 서넛과 함께 고갯마루에서 소나기를 만나게 되었다. 친구 하나가 우리를 숲속 천막으로 이끌었다. 벌집 청년은 비에 흠뻑 젖은 우리를 반갑게 맞아주었다. 그도 갑작스런 비설거지로 몸이 젖어 있었다. 빨래들이 주렁주렁한 천막 안은 보기보다 넓었다. 야전침대와 작은 나무탁자가 놓여 있었고, 출입구 한편에는 물통과 석유곤로가 놓이고 그 옆에 컵과 그릇이 어지럽게 널려 있었다. 안쪽으로는 설탕 포대가 쌓여 있었다.

그는 빈 벌통을 의자 대신 내주고 라면을 끓여주었다. 비가 성 긋해졌는데도 우리는 오랫동안 머물렀다. 무슨 이야기 끝에 그가 충격적인 이야기들을 꺼내놓았는지 모른다. 아마 우리끼리 철없이 주고받은 대화가 빌미를 주었는지 모르겠다. 그는 전두환이 어떤 사람이고, 광주에서 무슨 일들이 일어났는지 들려주었다. 이야기 끝에 그는 말했다.

"믿을 수 없겠지만 몇 년 지나면 다 밝혀질 거야. 너희들이 어른이 되기 전에 진실을 알게 될 거야."

그리고 그의 얼굴에서 후회하는 기색이 비쳤다. 아니나 다를까, 그는 천막을 나서는 우리에게 당부하듯 말했다.

"내 얘기, 어른들한테 전해서는 절대 안 된다. 알았지?"

솔직히 나는 믿을 수 없었고, 은근히 천막에 머무르는 시간이 불편해지던 터였다. 물론 나는 그를 어른들한테 일러바칠 생각은 없었다. 이상한 소리를 하는 사람이기는 하나 그를 간첩으로 여기지는 않았다. 어린 생각에도 간첩이 조무래기들을 앉혀놓고 그런 이야기나 들려주는 한심한 사람일 거라고는 믿지 않았다. 또한 이야기하는 그의 표정이 사뭇 비장하고 고통스러워서 어떤 반발심 같은 걸 드러낼 수가 없었다. 그의 이야기는 내가 고향을 떠나 고등학생이 될 때까지 숱한 혼란을 주었다. 아웅산 테러를 급조해서 만든 책을 읽고 써내는 독후감이라든가, 전두환 대통령이 서남아시아 5개국을 방문한 일을 일기로 쓰면서 나는 뭔가 이중으로 분열된 자아가 작동하는 느낌을 떨칠 수가 없었다. 청년의 얘기를 진실이라 믿었다기보다 어떤 불온함과 내통했다는 자의식이 떠나지 않았다.

그날 이후로 그 청년을 다시 만나지는 못했다. 그는 소문을 앞세우고 왔듯이 소문을 남기고 홀연 떠났다. 이번 소문은 아이들이 쌍 붕어 낚시 운운하던 기담이 아니었다. 어른들은 쉬쉬하며 전하길, 그가 광주 일로 수배를 받는 도망자였으며, 그동안 뒤를 봐준 사람이 인근 마을 성당의 신부님인데 도피가 장기화되자 청년에게 자수를 권했다는 거였다.

퇴역 레슬러와 함께

내 어린 시절은 조국근대화의 시기와 겹친다. 한국의 근대화는 군사정권이 국민동원체제를 구축해 주도했다. 독재정권은 국민 동원을 위해 국가이념을 공고히 할 만한 숱한 영웅들을 양산했다. 반공 영웅, 산업 영웅, 독립 영웅, 무인 영웅, 효도 영웅들이 어린 아이들의 교정은 물론 교과서에까지 들어왔다. 그중 단연 아이들의 추앙을 받는 영웅은 스포츠 영웅들이었다. 스포츠 영웅들은 산업화의 한 상징인 '흑백텔레비전'과 함께 국민들의 인기를 누렸다. 내 고향에서는 더욱 각별했다. 국민들이 추앙하는 스포츠 영웅들을 대량 배출한 고장이라는 자부심이 대단했다. 박치기로 지구에 균열을 낸 김일 레슬러, 한국 복싱계의 전설 유제두, 24연속 KO승의 해머 펀치 백인철…… 그야말로 내 고향은 한국 격투기의 산실이었다.

우리는 그 영웅들의 어린 시절과 성공담을 들으며 자랐다. 어떤 선수는 쌀 한 가마니를 팔아 서울로 가서 성공했으며, 어떤 선수의 지칠 줄 모르는 체력은 10Km의 등하굣길을 여덟 살 때부터

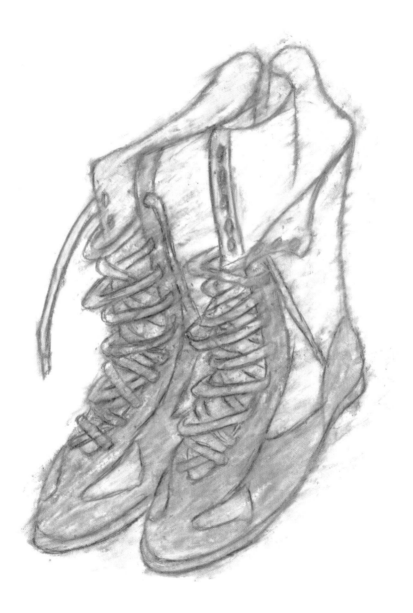

달려서 다닌 덕이라는 둥, 심지어 고향의 토속식품에 짱둥어 조림과 탕이 있는데, 그 음식이 무한한 힘을 제공한다는 설까지 우리의 마음을 설레게 했다. 성공담은 그에 그치지 않고 우리 앞에 현실로 펼쳐지기도 했다. 영웅이 태어난 외딴 마을로 가는 도로가 포장되고, 다른 마을에 앞서 전기가 가설되는 광경을 목격할 수 있었다. 그것은 일찍이 지역 정치인들도 해내지 못한 일들이었다. 정치적 소외지역인 고향에서 성공은 곧 스포츠 영웅이라는 등식을 주지시켰다. 그 성공사례를 좇아 많은 젊은이들이 스포츠에 뛰어들었다. 고향의 고등학교에는 권투도장이 세워졌다.

김일 레슬러에 얽힌 전설 중에 내가 가장 흥미로웠던 것은 그의 단단한 머리에 얽힌 일화 한 토막이었다. 소년 시절 그이는 아버지를 따라 산에 나무를 하러 다녔다. 아버지가 도끼질을 하다가 그만 도끼날이 자루에서 빠져 어린 아들의 이마에 날아들었다. 그런데도 소년은 상처 하나 없이 말짱했다.

정작 그를 대면하게 된 것은 작가가 되고 나서였다. 고향을 방문했다가 우연히 레슬러가 태어난 섬에 들게 되었다. 투병중이던 그도 마침 고향 사람들이 마련해준 거처에 내려와 머물고 있었다. 그는 손님의 방문이 곤욕스러웠을 텐데도 친절하게 맞아주었다. 우리는 별로 말이 없었다. 나는 유리 상자에 담긴 일본 기모노 인형을 오랫동안 바라보았다. "그건 선물로 받아서 가지고 있는 거요." 그가 변명하는 투로 말했다. 그는 일본에서 반평생을 지낸 사람이었다. 그가 역사의 무대에서 내려와 지치고 고통스러운, 그래서 연민이 느껴지는 개인으로 다가오는 걸 나는 느낄 수 있었다. 어떤 통증이 내게도 찾아왔다. 내가 어린 시절에 들은 도끼와 얽힌 이야기를 꺼내자 그는 설핏 웃으며 고개를 저었다.

그를 만난 일이 계기가 되어 몇 년 후 나는 단편소설을 한 편 썼다. 박치기로 입신한 레슬러가 만년에 그 후유증으로 알츠하이머를 앓는다는 게 주요 모티프였다. 원로 평론가 한 분이 월평에서 프라이버시 문제를 조심스럽게 제기했고, 나는 뜨끔한 마음을 피할 수 없었다. 지금은 고인이 되었지만, 당시 레슬러도 내 소설에 대해 듣고 고통스러워했다는 소식을 들었다. 한동안 나는 이웃에 대해 잔인한 작가라는 자의식으로 괴로웠다.

늦은 소식

부음은 늘 충격이지만 올해는 유난했다.

장마 질 무렵 먼 지방에서 뜻밖의 부음이 왔다. 세 살 많은 동네 형의 부음이었는데 어린 딸을 두고 교통사고로 생을 재촉하고 말았다. 어렸을 때 제법 따랐고, 흩어지고 나서는 드문드문 안부나마 전하고 지냈다. 형이 한번 놀러 오라고 할 때마다 으레 한번 가마고 했는데 이제 작정해도 소용없게 되었다.

고인은 아버지와 장형을 일찍 잃고 집안 장남 노릇 하느라 늘 어깨가 무거웠다. 불과 한 달 전 고향을 찾았을 때 길에서 그의 노모를 만나 인사를 여쭈었다. 늘 눈물이 그렁그렁한 어른이었다. 혼자 지내는 집이 무서울 거라며 아들이 대문을 해 달아드리겠다는 걸 노친은 괜한 돈 쓴다며 마다했노라 했다. 그래도 표정은 흐뭇했다.

빈소를 알아보려고 고향 가형에게 연락했더니 그 집 노친이 아들이 병원에 입원했다는 전화 받고 급히 떠났다는데 무슨 일이냐고 오히려 내게 소식을 물어왔다. 아마도 며느리나 딸들이 노모가 받을 충격을 생각해 죽음까지는 알리지 않은 눈치였다. 빈소를 찾아가는 밤길에도 비는 하염없이 내렸다.

그 일을 겪고 며칠 지나지 않아 나는 또 부음을 받았다. 손위 동서였다. 병원을 찾았다가 암 진단을 받고 보름 만에 떠나고 말았다. 그 역시 어린 아내와 두 자식을 둔 새파란 가장이었다. 동기 잃은 고통은 둘째치고 당장 시골에 계신 연로한 장인, 장모에게 이 비보를 어떻게 전할까 걱정이었다. 꿈길 한번 사나와도 도회지 자식들에게 전화해 안부 묻고 몸조심 당부를 잊지 않는 노인네들이었다. 더구나 매년 여름휴가에는 그 형님네와 더불어 처가를 찾은 터라 올해도 기다리고 계실 터였다.

알리는 것도 알리지 않는 것도 불효인 것이 부모 앞서는 자식의 부음이다. 일을 당해 보니 새삼 뼈저렸다. 자식들끼리 머리 맞대고 고민했다. 당장은 알리지 않는 게 도리라고 의견을 모았다. 전화로 알릴 일도 아니고 먼길 모셔 올 수도 없는 분들이라 차차 찾아뵙고 말씀드리기로 했다. 우리로서도 창졸간에 당한 일이라 일단 장례 치르고, 그 유가족부터 챙겨놓고 봐야 했다.

시골 사는 처형은 자식이 세상 떠난 사실을 모르고 사는 노인들이 자기 동네에 여럿이라고 전했다. 믿기지 않지만 그 작은 마을에도 그런 집이 세 가구는 된다는데 미국으로 돈 벌러 갔다, 원양어선을 탔다, 그리 알고 지낸다는 거였다. 더러는 이런저런 사정으로 부모와 소식 없이 지내는 이들이 의외로 많다고도 하였다. 다 옛 드라마 같은 얘기였다. 그 노인네들 중에는 끝내 모르고 가는 노인네들도 있을 테고, 더러는 짐작하고도 내색 않고

사는 노인들도 있을 터였다.

장례를 치르고 나서 우리는 어른들을 뵈러 갔다. 어른들의 안색을 살피고 나서 어렵게 말씀을 드렸다. 뜬금없는 소식에 노인들은 충격이 커 보였다. 그래도 우려했던 것보다는 잘 견디어주었다. 그 순간에도 자식들이 걱정할까봐 슬픔을 속으로 새기는 것 같았다. 아마도 자식들 가고 나면 두 양주는 서로 모르게 밤이면 베갯잇을 적실 것이다. 당신들에게 무슨 죄가 있었는지 시름이 깊을 것이다. 한데도 약속이나 한 듯이 그 불쌍하고 무정한 사위는 끝내 들먹이지 않을 것이다.

3부

풍경의 안팎

감잎 석 장

아파트 창밖에서 감이 호롱처럼 이어간다. 아직 어린 나무인데 재작년부터 감 서너 알을 매달더니 올해는 가지가 제법 묵직하다. 새로 지은 아파트로 이사와 집을 드나들 때마다 어린 정원수들에 눈길이 자주 간다. 준공을 따느라 급조한 정원에는 갖가지 나무들이 많은데 철마다 죽어가는 나무들이 눈에 띈다. 나로서는 타향이나 다름없는 먼 곳으로 이사를 온 터라 과연 이 동네에 정붙이고 오래 머물 수 있을까, 새로 온 사람으로서 문득문득 시름겹고 막막하다. 어린 정원수들도 신세가 나와 다르지 않아 보인다. 그러니까 새 아파트에는 사람만 입주한 게 아니라 나무들도 입주한 셈이다.

노란 꽃을 폭죽처럼 터뜨려 봄을 알리던 창밖 산수유 두 그루가 결국 뿌리를 못 내리고 작년과 올해 차례로 죽어서 사라졌다. 산수유와 더불어 창밖에 머물던 감나무도 두 그루 가운데 하나만 남았다. 으레 그러려니 하면서도 죽어가는 정원수들을 볼 때마다 조경업자나 관리사무소 사람들이 야속하다. 그러니 창밖

풍경이 목가적일 리 없다. 그나마 저 감나무 한 그루가 스산한 가을 뜰을 지켜줘서 고마운 마음마저 인다.

호젓한 시골길에 들어서면 들이나 숲가에 가지를 한껏 벌인 묵은 감나무들을 더러 볼 수 있다. 대개 예전에 집터였던 자리다. 사람 떠나고 집과 돌담이 허물어진 자리에 이정표처럼 감나무는 서 있다. 누군가 가족을 이루고 집을 지으면서 대대손손 깃들어 살리라는 마음으로 심었으리라.

아홉 살 혜정은 아침이면 곧잘 키를 둘러쓰고 소금을 받으러 오던 아이였다. 할머니는 소금 대신 물을 뿌려서 아이를 내쫓으며 빙그레 웃고는 하였다. 혜정은 이불을 적시기는 해도 동생을 셋이나 돌보는 듬직한 맏딸이었다. 어느 날 혜정이네가 멀리 간척지에 새로 생긴 마을로 이사를 갔다. 온 가족이 짐을 나누어 이고 지고 가는 이사 행렬이 우리 집 앞에 이르렀다. 혜정은 동생 하나를 손에 잡고 또하나는 등에 업은 채 고개를 숙이고 서 있었다. 어른들끼리 서로 작별인사를 나누었는데, 이제 넘어야 할 고개 밑이라 이들 가족은 쉽게 발을 떼놓지 못했다. 잘 가라, 잘 있어라, 하는 인사가 몇 번이나 오갔다. 별안간 아이들 속에서 울음보가 터져나왔다. 혜정이 손을 꼭 잡고 선, 다섯 살 난 여동생이었다. 우는 아이는 제 집에 붉은 감을 매단 채 환하게 선 감나무를 가리키며 "감나무도 데려가자"고 떼를 썼다. 잇따라 혜정이 훌쩍거리고 등에 업힌 아이도 언니들을 따라 울음을 터뜨렸다. 떨들이 어찌나 막무가내인지 그 집 아저씨는 아이들에게 호통을 쳐가며 몰듯이 고개를 넘었고, 그 모습을 지켜보던 할머니도 소매로 눈물을 훔쳤다.

서울행 무궁화호에서 할아버지 한 분과 동석하게 되었다. 행색이 추레한 노인은 자식들 보러 가는 농한기 노인네처럼 보따리 짐이 많았다. 삶은 밤을 내주면서 이것저것 묻는 말씀이 많아서 조금은 귀찮았다. 노인은 수원의 아들네에 간다면서 자식들이 잘 되었다고 한참 자랑을 늘어놓았다. 그러면서 노인은 자꾸만 보따리를 풀어 흥시며 대추를 내놓았다. 저 혼자 익은 과일들이라고 했다. 보따리 푸는 손길 너머로 얼핏 놋요강이 눈에 띄었다. 아마 노인은 수원에 아주 살러 가는 길인 모양이었다. 짐을 매만지던 노인이 요강에서 손수건 한 장으로 소중하게 묶은 물건을 꺼내 펼쳤다. 놀랍게도 붉은 감잎 몇 장이었다. 할머니 살아생전에 시골집 마당에서 노을빛으로 물드는 감나무 잎을 좋아했노라고 또 이야기가 길어졌다.

어느 해 늦은 가을, 여자를 따라 그녀의 옛집을 찾아갔다. 부모도 떠난 고향집은 오랫동안 비워져 있었다. 무슨 사정으로 그 먼길을 두 사람이 떠났는지는 기억나지 않는다. 아직 우리에게는 사랑이 찾아오지 않은 때였다. 수줍은 언약을 나누지 못했을 뿐, 그녀와 나는 서로가 건네는 말마디 눈길마다 사랑의 예감으로 설레었다. 나는 대학 졸업반, 그녀는 직장인이었다. 그래도 우리는 서툴고 어렸다. 사랑도 마치 무슨 경주처럼 출발 신호가 있는 줄 알았다.

몇 번 만나는 동안 줄곧 그랬듯, 우리는 그 여행길 버스에서도 집요하게 각자의 과거를 속삭였다. 공유하지 못한 시간들을 용서

할 수 없다는 듯 서로의 기억을 부추기고 귀기울였다. 그래서 그녀의 옛집을 찾아가는 길이 그녀의 마음을 얻으러 가는 길만 같았다.

마당 한 편 키 큰 감나무가 휜했다. 녹슨 대문을 밀고 들어서자 마당 가득 수북한 감잎이 밟혔다. 그녀는 뭔가를 기다리는 사람처럼 한동안 대문 앞에 우두커니 서 있었다.

열쇠가 채워진 방문 틈으로 앉은뱅이책상이 보였다. 나이 어린 오누이가 촉 낮은 전등을 밝히고 밤 깊도록 지낸 자리였다. 뒤켠 언덕에는 무화과가 주인도 없이 익어 있었다. 아버지가 심은 나무라는데 채 열매를 맺기도 전에 온 가족이 떠났다고 했다. 그녀에게 높은 가지의 무화과 열매를 따주며 나는 가족이라도 된 듯 뿌듯했다.

그녀가 볕바른 툇마루 기둥에 기대어 조는 동안 나는 할 일 없이 마당에 쌓인 감잎을 쓸었다. 내 빗질은 그녀의 쓸쓸한 마음에 닿아 있었다. 빗질 소리에 눈을 떴을까? 어느 결에 그녀가 그윽한 눈길로 나를 바라보고 있었다. 나는 사랑이 시작되었다는 충만감에 사로잡혔다.

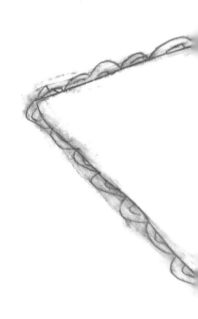

치자

일본 타가와 시田川市 석탄박물관에서 눈에 띄는 전시물은 탄갱기록화炭坑記錄畵 연작이다. 초창기 탄광생활상을 묵필로 소박하게 그린 수묵담채화인데 민화 같기도 하고 만화 같기도 하다. 화가는 야마모토 사쿠베山本作兵衛라는 일본 노인이다. 그는 평생을 탄부로 일한 이로 전문 화가가 아니었다. 그는 은퇴 후 뒤늦게 글과 그림을 익혀서 사양길에 접어든 광산업과 탄부들의 삶을 기록으로 남겼다고 한다.

야마모토 노인이 목적한 대로 그림들은 미학적이기보다는 생활사의 복원과 기록에 가깝다. 아이를 업은 채 칸델라 등불을 들고 갱도로 출근하는 젊은 부부, 탄부들이 갱도에 모여 도시락을 까먹는 광경 따위가 실감난다. 그중에 남녀가 알몸이 되다시피 웃통을 벗어젖히고 탄 캐는 모습을 담은 그림이 눈길을 끈다. 보기에 따라 꽤 선정적이어서 기록화 가운데서 어떤 예술적 가필이 깃든 작품이 아닌가 여겨진다. 그림은 상상력을 불러일으킨다. 탄 더미 위에서 성애를 나누는 남녀의 고통스런 모습이 겹쳐진다. 극한의 생존조건에 직면한 인간이 보일 수 있는 실존적 몸부림으로서 그런 성애도 있을 법한데 갱도라는 공간에서는 가능하지 않았을까. 그건 공허한 상상이다. 갱도의 살인적인 열기 탓에 이런 차림으로 채탄작업을 해야 했다고 가이드가 설명한다. 이 그림야말로 가장 극명한 사실화인 셈이다.

화가는 생전에 자신의 그림에 단 한 가지 거짓이 있노라고 고백했다 한다. 갱도의 어둠 속에서는 아무것도 보이지 않았다고 말이다. 그러니까 영상 같은 그의 그림들은 따지고 보면 자신이 한 번도 시각으로 확인 못 한 사물들인 것이다. '허구로 구축된 진실'이라는 예술의 일반적 명제가 선연해지는 비유다.

탄광박물관은 조선인 강제징용자들의 삶을 유추해볼 수 있는 공간이다. 몇 해 전에 나는 장편 『여자 이발사』라는 소설을 썼는데, 조선인 징용자와 연분을 맺어 해방 후 한반도로 들어온 일본 여인을 다룬 소설이었다. 당시에 통계에도 잡히지 않을 만큼 조선인과 일본인 간의 결혼이 흔했다. 그런 내력을 지닌 '일본인 처' 할머니들을 서울에서 만나 곡절한 사연들은 들었으나 끝내 아쉬웠던 것은 그녀들의 고국에 대한 실감이었다. 상상력만으로 가닿을 수 없는 것도 있고, 실감이 부족한 채 글을 마치고 나면 뭔가 미진한 감을 떨칠 수 없다. 사회학적으로야 일제의 내선일체정책에 따른 결혼 조장이나 전쟁 탓에 결혼 적령기에 든 일본여자들에게 일본인 신랑감들이 절대 부족했다는 사실들이 비극적인 운명들을 양산했을 것이다. 그것만으로 설명이 족할까. 남녀 간에 오간 정리情理가 아닌가.

그래서인지 나는 하카타 항에서부터 소설의 주인공 에이코 할머니와 동행하는 착각에 빠졌다. 에이코 할머니는 저 나카가와 강을 배로 건너다니던 소녀 시절 이야기며, 위령비로 오르는 언덕에 자라는 야생갓을 해다 먹던 얘기들을 들려주는 것 같다. 징용인들이 묻힌 것으로 추정되는 호우가 묘지에 오르는 길에서 비에 젖은 단풍나무와 삼나무와 대나무와 청미래덩굴을 가리키며 "조선땅 식생들과 똑같지?" 하고 말한다.

어느 농가의 잘 가꾸어진 정원에서 우리는 치자나무를 발견한다. 나는 치자꽃을 좋아한다. 오래전 고향집 울타리에는 늙은 치자나무 한 그루가 사철나무 틈에서 자랐다. 그전에는 더 많은 치자나무가 있었는데 베어져 사라지고, 겨우 그 한 그루만 남았다. 할머니가 지켜낸 나무였다. 치자는 민가에서 오랫동안 약재와 염료로 사용되었다. 그 쓰임새가 이미 끝난 시절이었음에도 할머니는 가을걷이하는 버릇처럼 해마다 치자를 거두었다. 할머니는 그 붉노란 열매를 명주실에 꿰어 처마에 매달아놓곤 했다. 언젠가 아버지가 결막염을 앓았을 때 동네 아주머니의 젖을 얻어다가 치자 우린 물과 섞어 눈을 치료하던 모습이 기억난다. 치자 물을 내어 노란 전을 부쳐내기도 했다. 요즘에는 화분으로 기르는 '꽃치자'를 어디서나 볼 수 있지만, 열매 맺는 치자는 좀처럼 구경이 쉽지 않다. 꽃은 정결한 흰 빛깔도 빛깔이지만 그 진한 향기가 더없이 달콤하다.

예전에 캄보디아 시엠 립siem reap에서 치자꽃 닮은 꽃잎을 약재용으로 마당에서 말리고 있는 승려를 본 적이 있다. 그곳 이름으로 '잠빼이'라고 알려주는데 자스민이었다. 이번 여행길에서 홍콩의 가로수에서도 그 꽃나무가 보였다. 그 기억들을 풀어서 예전에 나는 소설을 쓰면서 낯선 여행지에서 만난 한국인과 일본인 남녀가 말문을 트는 소재로 활용했다. 한국인 사내는 치자꽃을 한참 설명하다가 문득 일본 처녀를 바라본다. 여자는 사내가 무슨 꽃을 말하는지 모르는 게 분명하다. 그래서 일본어로 치자꽃을 무엇이라 부르는지 물을 수도 없다. 사내는 파리한 여자의 얼굴에서 불현듯 세계가 낯설다는 느낌에 사로잡힌다. 잇따라 무언가에 대해 영원히 알지 못하리라는 슬픔이 밀려온다. 그것은 마치 미풍처럼 이는 호감을 고백 못한 채 헤어지는 인연들의 슬픔과 같은 것일 것이다.

지쿠호 일대를 돌아보고 와서 나는 종종 선내 도서실을 찾았다. 개인 서재만큼 규모가 작은 도서실에서 일본어 식물도감들을 뒤적거렸다. 뒤늦은 숙제처럼 나는 치자나무를 찾았다. 겨우 치자나무를 찾아냈으나 일본어를 모르므로 옆에 앉은 일본인 노인분에게 도감을 펼쳐 보였다. 노인은 '구치나시' 하고 알려준다. 그러더니 노래 한 소절을 읊조린다. 아마 치자꽃에 얽힌 민요가 있는 모양인데 더는 모르겠다는 듯 열없게 웃었다. 노인은 일본인 특유의 친절함으로 다른 좌석에 앉은 일본인들에게 노랫말을 수소문하고 다녔다. 단지 치자의 일본 이름만 알고 싶었던 나는 당혹스러웠다. 노랫말을 조금씩은 알지만 끝까지 기억하는 이는 없었다.

여행 마지막날, 식당에서 그 노인분이 나를 찾아왔다. "구치나시"하며 쪽지를 내미는데 펜으로 또박또박 기록한 노랫말이 적혀 있었다. 며칠 동안 노인은 노랫말을 수소문하고 다녔던 모양이다. 그래도 몇 대목은 끝내 채우지 못해 동그라미를 쳐놓았다. 일본어 통역인이 붙어 노랫말을 풀어주었다. 민요가 아니라 노인이 젊었을 때 유행한 대중가요란다. 결혼한 옛 여인에 대한 추억과 회한을 담은 노래라고.

지금은 (반지 낀) 손가락이 헐거워질 만큼
야위고 고생한다는 소문
치자꽃 향기 여행길 끝없이 따라오네
흰 치자꽃, 너를 닮은 꽃

철없이 제멋대로 굴어서 힘들었지
철부지 같기만 했던 그때 그 시절의 너
흰 치자꽃, 너를 닮은 꽃

노랫말은 몇 소절 더 이어졌다. 노인의 정성 탓인지 개인적인 감회 탓인지 노래는 아픈 마음을 불러일으켰다. 에이코 할머니와 그녀가 사랑한 조선인 사내에게도 이 노래는 있었을 것이다.

고독한 사람 1

　누구나 인생이란 무엇이다, 하는 대답을 갖고 산다. 대놓고 인생에 대해서 캐물으면 하나같이 꿀 먹은 벙어리가 되겠지만, 살아온 내력을 가만히 풀어놓게 하면 모두가 그 대답을 가지고 산다는 걸 알 수 있다. 가령 사랑이란 그런 것이야, 하는 평범한 말이면에는 얼마나 많은 불가해함이 숨어 있는가?

　안골이라는 강원도의 작은 산골마을에서 만난 한 할머니의 이야기도 나에게는 삶의 불가해함을 경험케 한 경우이다.

　건강이 좋지 않았던 나는 여름 한철을 그 안골이라는 마을에서 지냈다. 마을 주민의 대부분이 환갑을 넘긴 노인분들이었다. 화전민의 후예들답게 산비탈을 개간해 만든 밭에다가 옥수수를 갈아 먹고살고 있었는데, 그것으로 벌이가 부족하여 주민들은 대부분 인근의 골프장에 잔디 심는 일을 다녔다. 마을에 근력 없는 노인들 몇 분만 남는 한낮은 땡볕에 곡식 익는 소리나 들릴까 고즈넉하기 이를 데 없었다. 일 나간 농부들이 돌아오고, 소들이 구유를 핥느라 분주해지는 저녁이나 되어야 마을은 사람 사는 곳

같았다.

하루는 점심을 먹고 축 처져 있는데, 동네 할머니 두 분이 그 늘진 뜰팡에 와 앉았다. 집터가 동네에서는 그중 높고 트여서 막 골짜기에서 씻겨나온 바람이 지나는 곳이라 더러 피서 삼아 찾는 주민들이 있었다.

한 분은 마을 꼭대기의 샘집 할머니였고, 다른 할머니는 처음 뵙는 분이었다. 어디 사시는 할머니냐고 물으니, 샘집 할머니가 대신 대답하며 가리키는 곳은 맞은편 암갈색 양철집이었다. 그 집이라면 풍을 맞아 거동이 불편한 할아버지가 사는 집이었다. 그 노인네는 늘 지팡이를 짚고 마을길을 오가는 게 일과였다. 아마도 운동 삼아 걷는 모양인데 불편한 그 몸을 끌다시피 옮기는 것을 먼발치로 지켜보노라면 여간 안쓰러운 게 아니었다. 반 마장이나 될까 말까 한 그 길을 그는 꼬박 한나절이나 걸려 오가는 것이었다. 그러고 보니 집 앞의 개울에서 요강을 씻어가는 할머니를 몇 번 뵌 것도 같았다.

나는 물에 띄워둔 수박을 내놓았다. 양철집 할머니는 대화에 끼어들지 않고 먼산바라기를 하고 수박만 먹었다. 살강살강 먹고 남은 껍데기를 아무데나 획획 내던졌다. 그렇다고 딱히 먹는 데 취해 있는 것 같지도 않아 그이는 실뚱한 표정이었다. 초면에 서먹서먹해서인가 싶어 나는 말을 걸어보았다.

"영감님하고 두 분만 사시나보죠?"

그런데 상내는 기척이 없고 대신 이번에도 샘집 할머니가 대답하길 영감님은 산으로 갔다고 했다. 내가 얼른 말귀를 못 알아듣고 뜨악해하자 샘집 할머니는 "저기 있잖어" 하고 손가락질을 해 보였다. 그이가 가리키는 손끝에 산 귀퉁이의 무덤 하나가 묻어 났다.

"그럼 몸이 불편한 할아버지는 누구세요?"

나는 의구심이 가득해서 물었다.

"저 할멈 집에 얹혀사는 사고무친의 노인네야. 저 할멈이 밥해 주고 빨래해주고 때론 똥도 치워주지."

갈수록 오리무중이었다. 잠시 서로 간에 어색한 침묵이 흘렀다.

"아, 옥시기 한번 원 없이 묵었네!"

내내 말없이 수박만 먹던 양철집 할머니가 수박 껍질을 휙 내 던지며 내놓은 첫마디가 그랬다. 분명 할머니는 수박을 옥수수라 했던 것이다. 천상 실성한 노인임에 틀림없었다.

오후에 이웃집 고씨 아저씨네 옥수숫대 베는 일을 돕다가 땀 을 식히느라고 고개를 들었을 때 나는 그간 보지 못했던 풍광을 발견했다. 뒷산 한복판이 꽤 너르게 벌거숭이였다. 초지처럼 푸르 기는 한데 옆의 잣나무숲과는 뚜렷이 구분이 될 만큼 헐벗어 있 었던 것이다. 나는 고씨 아저씨에게 산불이 난 적이 있느냐고 물 어보았다. 아저씨는 건성으로 고개를 들었다가 떨구며 대답을 해 주었는데 그 말이 재미있었다.

"이태 전에 저기 양철집 할망구가 밭둑을 태우다가 산까지 홀 러덩 태워먹었지."

그 흔적대로 산불은 꽤 컸다고 한다. 군인들까지 동원되어 가 까스로 진화를 하고, 군청과 경찰이 방화범을 찾으려고 탐문 조사를 벌였다.

"그 할망구 고스란히 콩밥을 먹었을 텐데 여느 사람들이 중간에 들어서 살려줬어."

마을 사람들은 그 할머니를 보호할 생각으로 '실성한 노인'이라고 둘러댔다고 한다. 사실 그 규모의 화재라면 처벌이 만만치 않았을 것이다. 그 일이 있고 난 후 불을 낸 할머니도 맞장구를 쳐 몇 해를 실성한 사람의 행세를 했다.

"그래서 무사히 넘기셨나요?"

"암, 별일 없었지. 근데 이상하단 말야. 이제 그만 해도 될 때가 되었는데 영영 정신을 안 돌려놓으니, 원."

옆집 어른은 낫을 들고 옥수수밭 속으로 숨어들고, 나는 사늘하여 오랫동안 산만 바라보고 서 있었다.

이튿날 아침에 누군가 기척도 없이 벌컥 문을 열었다. 양철집 그 할머니였다. 그이는 내가 어떤 말을 할 새도 없이 묵직한 비닐봉투 하나를 방바닥에 내던져놓고 돌아섰다. 봉지를 헤작여보니 따끈따끈하게 찐 옥수수였다.

얼마 후 할머니는 냇가에서 요강을 씻었고, 나는 그날 이후로도 그이와 정상적인 대화를 나누어본 적이 없다. 그의 꽉 닫힌 마음속을 들여다볼 수 있다면 아마도 숨막히는 공포와 고독을 목격하리라. 나는 지금도 이 세상에서 가장 고독한 사람은 그이가 아닐까 생각할 때가 많다.

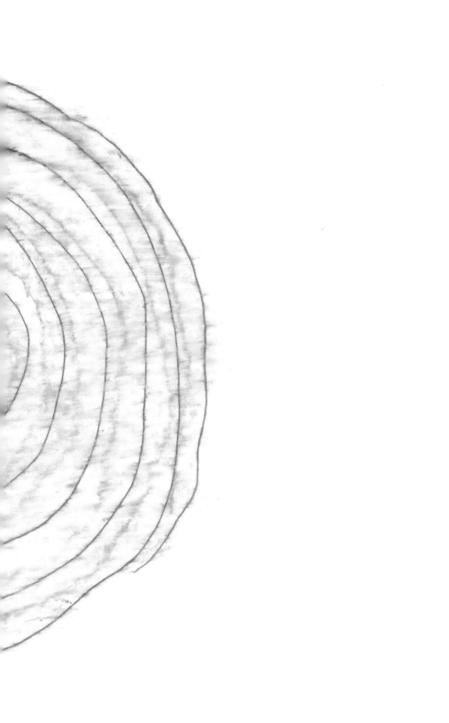

고독한 사람 2

언젠가 문인들이 모인 자리에서 공원 이야기가 화제에 오른 적이 있다. 영화 〈시네마천국〉을 두고 얘기하던 끝이었던 듯싶다. 누군가 그 영화에 나오는 행려병자, 그러니까 영화 무대인 광장을 자기 소유라고 입만 열면 주장하는 허황한 인물 얘기가 돌면서 좌중이 한껏 웃었다. 그런 인물은 우리 주변에 꼭 하나씩 있다. 집 주변의 공원을 자주 드나든 사람이라면 그 공원의 명물다운 인물을 발견할 수 있으리라.

그런 인물들은 반복적인 행동을 하여 사람들의 뇌리에 오래 남는다. 가령 행인들에게 더도 덜도 말고 항상 백 원만을 요구하는 사람이 있다. 누가 천 원짜리 한 장이라도 내밀면 몹쓸 물건이라도 받은 양 되돌려준다. 또 비가 오나 눈이 오나 한자리에 붙박여 낡은 색소폰을 연주하는 사람이 있다. 그의 연주곡도 사시장철 변함이 없다. 그런가 하면 행인들에게 욕을 퍼부어대는 이도 있다. 공원의 나무들이 늙어가고 동상이 퇴락해가는 동안에도 그들은 오래된 기억처럼 변함이 없다.

좌중에 수원의 팔달공원 근처에서 어린 시절을 보낸 소설가 김남일 선배가 있었다. 삼십 년 전 그 공원에 눈에 띄는 이웃이 있었다고 한다. 장님 어미와 그의 아들이었다. 아들은 입을 반쯤 벌린 채 벙싯거리며 다니는 정신이 좀 모자란 청년이었다. 눈먼 어머니는 아들 손에 막대기를 쥐여주고 그 끝을 잡은 채 구걸을 다녔다. 막대기 하나를 앞뒤로 잡고 아들은 길을 인도하고 어머니는 아들이 길을 잃지 않도록 보호하는 형국이었다. 어쨌든 서로 의지하여 하루같이 공원에 나오는 이들 모자를 모르는 이웃이 없었다. 이웃들은 이 불쌍한 모자를 위해 동전을 꺼내 어머니 손에 들린 깡통에 던져주곤 했다고 한다.

고향을 떠났던 선배는 이십 년도 더 지난 어느 날 그 공원을 다시 찾게 되었다. 그동안 흘러간 세월이 공원에 고스란히 쌓여 있었다. 수목은 더욱 울울하고 성터의 그늘은 더 깊어져 있었다. 선배는 그 공원에서 낯익은 풍경 하나를 목격하고 발걸음을 멈추었다. 막대기를 든, 바로 그 소경의 아들이었다. 그도 이제는 나이들어 청년의 얼굴이 아니었다. 그래도 예의 벙싯거리며 웃는 표정이라든가 막대기를 누구의 손처럼 꼭 쥔 모습은 여전했다. 옛 사진을 본 듯 감회에 젖은 선배는 문득 가슴이 서늘해졌다. 응당 막대기 한끝에 있어야 할 그 어미가 보이지 않았다. 막대기는 그대로인데 아들의 뒤 풍경 하나가 지워지고 없었던 것이다. 사내는 막대기를 무슨 장칼처럼 뒤쪽 허공에 두고 걸어갔다.

그 무렵 나는 문인단체에서 일하고 있었는데 가끔 광수에 사시는 노년 작가분이 상경길에 사무실을 방문하곤 했다. 젊어 한

동안은 소설을 썼지만 언제부턴가 펜을 거두어서 젊은 문인들은 그분이 작가라는 사실도 잘 모를 만큼 존재감이 없었다. 나 역시 명색이 소설가라지만 그분의 작품 한 줄 찾아 읽지 못했으니까. 말수 적은 분이 사무실 한 편에 묵묵히 앉아계시다가 일어나곤 했다. 용건이 따로 있어서 오신 적은 없었다. 마치 객지의 자녀들을 방문한 노인 같았다.

그러다가 어느 날 식사자리에서 문득 그가 이십 년 전 이야기를 꺼냈다. 그러니까 계엄군이 광주 사람들을 도륙하던 시절 이야기였다. 당신의 집 근처 공원에 아주 어린 은행나무 한 그루가 있었다고 한다. 탱크 소리와 총탄이 그 거리에 난무한 밤이 지나자 그는 거리로 슬그머니 나갔다. 너무나 두렵고 또한 무력한 자신이 더없이 부끄러운 발걸음이었다. 그는 어린 은행나무 둥치가 총탄으로 구멍이 난 것을 보았다. 저게 살까 싶어서 다음날 다시 찾아와 보고, 구멍 자리에 새살이 돋는 걸 보고 또 찾게 되고, 그러구러 이십 년의 세월을 보냈다. 한동안 나무는 성장이 더디었지만 지금은 여느 나무처럼 우람하게 자라 공원에서 한 풍경을 담당하고 있다고 했다. 그분이 이야기 끝에 중얼거리듯 한마디를 덧붙였다.

"이제 그 나무를 두고 소설 한 편을 써도 괜찮을까?"

노 작가의 말씀을 들으며 또 한번 그 아득한 시간성에 가슴이 서늘했다. 시간 위에 세워진 존재가 인간이고, 그게 인생 아니던가. 고독감이 새삼스러웠다.

풍경의 안팎 —몽골에서

시월이 저물자 강한 모래바람이 도시로 불어닥쳤다. 돌개바람이 출몰하여 울란바토르는 순식간에 황색 도시로 돌변했다. 고지대에서 내려다보면 분지 도시를 배회하는 모래바람의 흐름이 마치 일기예보 위성사진처럼 한눈에 들어왔다. 긴 겨울이 오는 전조였다. 도시의 가로수는 시베리아 포플러(포플러의 일종)가 주종인데, 그 노란 이파리들이 며칠 새에 감쪽같이 사라졌다. 몽골은 봄가을에 바람이 거세기로 유명하다. 특히 북서풍이 강한 봄바람은 고비Gobi의 모래를 쓸어올려 한반도는 물론 일본열도까지 몰고 간다. 고비의 돌개바람은 때로 사람과 짐승까지 삼켜버려 뉴스거리가 된다. 2002년 초봄 처음 몽골을 여행했을 때 고비사막에서 그런 광풍을 만난 적이 있었다. 흉노匈奴 전사들의 돌무덤을 지날 무렵이었을 것이다. 마치 수많은 말발굽이 바람을 거스르며 지나간 벌판 같았다. 몸을 때리는 굵은 모래들로 인해 메뚜기 떼가 나를 통과해간 느낌이었다. 당시 우리나라에서는 전례 없는 황사로 초등학교에 임시 휴교령이 내려졌다. 황사가 시작되는 고

비, 그 척박한 대지를 떠돌며 사는 사람들이 있다는 것 자체만으로도 생에 대해 몸서리가 쳐졌다.

몽골의 대지는 직선의 상상력을 요구한다. 끝없이 평평하다는 것, 그 풍경이 주는 막막함은 우리가 쉬 경험하기 힘든 심상이다. 지구에서 영원한 직선은 존재하지 않는다. 그런데도 몽골에서는 그것이 존재하는 것만 같다. 직선은 끝을 꿈꾸게 한다. 우주의 끝을 보고자 하는 존재론적 욕망을 불러일으킨다. 빛의 끝, 어둠의 끝, 그리하여 세상의 끝은 어디인가? 직선에 대한 우리의 상상력은 얼마나 멀까? 기차가 멀어져가는 철로가 떠오른다. 김명수 시인의 「검차원」이라는 시 구절—차가운 금속성의 망치 소리가/ '탱—' 하고 차륜을 울려/ 대륙을 횡단하는 긴 철로로 멀어져갈 때—만큼 아득하다.

그러나 몽골의 대지에 서면 직선의 상상력이 문득 무의미해지는 체험을 하게 된다. 시선이 가닿는 지평선이 세상의 끝인 것이다. 그 지평선에 다다르면 똑같은 세상이 또다시 펼쳐진다. 눈앞의 능선이 뒷자리 능선을 보여주지 않듯 몽골의 지평선은 지평선을 품고 있다. 몽골의 지평선은 시선의 확장이 아니라 시선의 장애물 같다. 그리하여 이곳의 대지는 우리로 하여금 세상의 끝을 가보지 않고도 능히 상상하게 만든다. 우주의 끝을 보고자 하는 욕망이 헛되고도 무의미하지 않을까 하는 비감마저 갖게 한다. 직선은 그 끝이 무의미해져야만 직선다워지는지도 모른다.

높은 곳 중에 높고, 깊은 곳 중에 깊다. 몽골 초원을 겪을수록 이 문장이 떠오른다.

몽골은 아주 오래전 바닷속에서 융기한 땅이다. 몽골의 평균 고도는 해발 1,580미터이다. 가장 낮은 땅이 해발 518미터라고 한다. 서울 남산이 해발 262미터이니 몽골에서 가장 낮은 땅도 남산 높이의 두 배가 된다. 해발 4,000미터를 웃도는 고지대가 수두룩하다. 몽골의 대지는 지상에서 가장 높은 곳이다. 서쪽 알타이가 고향인 어느 몽골 시인이 고향 할머니 한 분에게 들었다는 이야기를 내게 전해주었다. 평생 바깥세상 구경을 못 해본 촌로는 말했다고 한다. 뒷날 지구에 큰 홍수가 져서 모든 땅이 물에 잠기게 되는데 유일하게 뭍으로 남는 땅이 있으니, 그곳이 몽골의 대지다. 그것은 역사이면서 예언 같기도 하다. 노인은 자신이 딛고 선 대지가 걸어온 내력을 터득하고 있다. 글을 모르니 빙하기니 간빙기니 하는 지구과학을 배웠을 리 없다. 그런데도 노인은 지평선 너머의 비밀을 알고 있는 듯하다. 먼 선대로부터 그런 이야기가 초원의 민요처럼 전해져왔는지도 모른다. 그러하니 그 이야기는 또 얼마나 아득한가?

몽골의 대지는 심해의 바다를 상상하게 한다. 겨울 초원은 더욱 그렇다. 신라의 능 같은 산의 능선이 일망무제一望無際로 흘러가고, 그 사이에 갯벌처럼 편평한 초원이 펼쳐져 있다. 대기는 숨죽이고, 태초의 빛이 그러하였으리라 싶게 강렬한 햇볕이 눈 위로 쏟아진다. 사방을 둘러봐도 그지없이 막막한 풍경뿐이다. 머리 위로 밍크고래 한 마리가 유영하는 환영을 본대도 그리 이상하지 않다. 산마루의 양 무리 사이로 거피guppy니 에인절피시angelfish니 하는 작고 알록달록한 열대어들이 섞여 헤엄을 친다.

숨 고르는 말 잔등으로 가오리가 부채질을 하며 노닌다. 실제로 나는 고비의 붉고 황막한 모래 속에서 조개 닮은 완족류 화석을 주운 적이 있다. 내 손아귀에 든 화석이 사라진 바다 테티스 Ththys에 살던 것이라니 아득했다. 멀게는 사억 년, 짧게는 육천만 년의 시간이 응고된 화석이다. 우리 민족의 기원을 담은 이서異書 『부도지符都誌』에 '바다 가운데에서 흙먼지가 일리라'라는 구절이 있다. 지각변동에 대한 예언과 같은 이 구절은 마치 몽골의 대지를 두고 이르는 말처럼 여겨진다. 그러하니 몽골은 분명 깊은 곳 중에 깊은 곳이다.

그래서 몽골의 대지는 원초적이다. 생명이 깃들기 전의 모습을 간직하고 있다. 지상의 시간이 막 열리는 듯하다. 방치된 듯 황막한 대지는 불모성마저 느끼게 한다. 몽골의 대지를 처음 접할 때는 심한 소외감을 느낀다. 그건 우리의 눈과 의식이 대지의 본래 모습에 낯설어서다. 정착민족의 대지와 유목민족의 대지가 다르다는 건 이를 두고 이르는 것 같다. 정착민족은 가꿀 수 있는 대지, 눈에 담을 수 있는 대지에 대한 이미지에 길들어 있다. 그러나 몽골의 대지는 스스로 존재하는 대지이다. 생명성이라는 것마저도 안중에 없는 듯하고, 그저 거대한 시간과 침묵만이 제 것이다.

우리의 소외감은 이내 고독감으로 변한다. 자연의 외경 앞에 선 유한한 존재로서의 고독이다. 그 순간 우리는 자신마저 낯설어진다. 겸허해진다. 자신에 대한 긍정, 생명에 대한 긍정이 마음속 깊은 곳으로부터 충만하다. 그 충만감은 인간이 일찍이 잃어버린 어떤 감각 같다. 자연이 주는 경외감은 우리의 마음을 정화하는 마력을 지니고 있다. 멀리 산등성이로 말을 몰아가는 목자牧者의 고독을 상상해보라. 그가 평생 만날 수 있는 친구는 몇이나 되겠는가? 그는 생의 모든 시간을 저렇듯 홀로 보낼 것이다. 그런 그가 지니고 있는 고독이라는 감각은 얼마나 위대할 것인가.

나는 몽골의 자연이 주는 이런 느낌을 경계하려고 애썼다. 울란바토르에 들어서는 순간, 마치 초원은 방금 막 영화관에서 나온 것처럼 현실감을 상실한다. 울란바토르는 뒤늦게 근대화 바람에 휩쓸린 많은 아시아의 도시들처럼 아수라장이다. 처음 방문했을 때는 한적한 지방 소도시를 연상시킬 만큼 고즈넉하고 한적한 도시였다. 몇 년을 격하고 이제 도시는 몸살을 앓고 있다. 새벽길 밟아가던 말발굽 소리는 도시에서 사라졌다. 세계 각지에서 들여온 중고차들이 비좁은 도로에 얽혀서 욕설을 내뱉듯 빵빵거린다. 우리나라에서 사라진 중고차들은 모두 이곳으로 와 있는 듯싶다. 대학로를 거쳐 압구정동으로 가는 시내버스가 버젓이 달리고 있다. 평창운수도 있고 서귀포여객도 있다. 도심 곳곳에 건물 신축이 한창이라 먼지와 소음이 가시지 않는다. 도로와 인도를 가르는 화단은 흉물스럽게 방치되어 있다. 잔디는 밟혀서 사라지고 온전한 가로수도 거의 없다. 현대식 빌딩들이 스테인리스 조각彫刻처럼 솟아오르지만 옛 정원들은 황폐화했다. 인도 곳곳에 뚜껑이 사라진 맨홀이 지옥의 문처럼 아가리를 벌리고 있다. 철제 맨홀 뚜껑이 중국 쪽에서 돈이 된다 하여 생긴 일이다. 대낮인데도 술에 취해 거리에 널브러진 사내들이 심심찮게 눈에 띈다. 마른 개천에는 사람들이 발라먹고 버린 짐승의 뼈다귀가 굴러다닌다. 화력발전소의 거대한 굴뚝은 스물네 시간 유연탄 매연을 뿜어낸다. 아파트들은 단지 내 소각장에서 생활쓰레기들을 태우고, 게르에서는 아침저녁으로 유연탄과 나무를 때서 밥을 짓고 난방을 한다. 도시는 온통 매캐한 연무 속에 잠겨 있다.

이런 몽골의 이미지는 초원과는 너무 멀다. 이제 이 도시는 강한 모래바람에 휩싸인 도시처럼 혼돈스럽다. 근대화의 모든 혼란과 부패와 무질서가 집적되어 있다. 몽골의 근대화는 마치 초원에 자동차와 냉장고를 진열해놓은 상업 광고판 같은 이미지다. 근대화의 전시장 같다. 자연스레 한국의 지난 반세기가 겹쳐지기도 한다. 초원에서 가졌던 은밀하고 강렬한 교감을 환상으로 치부할 수밖에 없다. 생이 존재에 앞선다는 말이 마음을 짓누른다.

1924년 세계에서 두번째로 사회주의국가가 된 몽골은 1992년 동구권 국가들처럼 사회주의체제를 버리고 시장경제체제를 택했다. 오랫동안 누적된 공산당의 무능과 부패, 그리고 몽골 사회주의를 실질적으로 지원한 소비에트연방이 해체된 게 결정적인 원인이었다. 사회주의 시절 모스크바에서 전자공학 박사학위를 받아온 인재가 조국에 돌아와 다시 초원의 목자로 돌아가는 일들이 비일비재했다고 한다. 몽골인민공화국에는 전자공학 박사가 일할 곳이 없었다. 사회주의체제를 무너뜨린 힘은 연일 벌어진 시민들의 무혈투쟁이었다.

시장경제체제로 전환하는 시기에 재산 사유화가 어떤 방식으로 진행되었는지 몹시 궁금해서 나는 몽골 친구들에게 묻곤 했다. 국유재산의 분배를 두고 몹시 혼란스러웠으리라 생각했다. 대답은 의외였다. 아주 쉽게 이루어졌다는 것이다. 재산 사유화는 체제 전환 당시의 재산을 그대로 개인에게 양도하는 방식으로 진행되었다. 아파트에 사는 사람은 그 아파트를 소유하게 되었고, 게르에 살고 있는 사람은 그 게르가 점유하고 있는 토지를 양도받았다. 초원의 목자들은 자신이 돌보고 있는 가축의 주인이 되었다.

매우 의아했다. 아파트도 위치와 평수, 건립연도에 따라 가치가 다를 것이고, 목자의 가축도 낙타를 100마리와 양을 100마리가 같을 수 없었다. 그런데도 아무 문제 없이 진행되었다는 사실이 신기했다. 재산의 국유화가 어려운 일이지 사유화는 그처럼 쉬운 것인가? 그럴 것 같기도 했다. 국유화의 생산성 문제에 대한 논쟁이 냉전시대 체제경쟁의 결정판이었듯 '사유의 욕망이 인간의 본성이다'는 명제 역시 진리로 굳어진 듯하니까. 몽골 친구들 역시 뭐가 이상하느냐는 반응이었다. 머잖아 나는 깨달았다. 몽골 대중들은 시장경제의 본질을 몰랐던 것이다. 자신이 사는 집에서 그대로 살게 되면 충분했고, 자신이 돌보던 가축 역시 서류상으로 국가 소유에서 개인 소유로 바뀌는 것이지 어떤 변화도 없다고 여겼다.

문제가 된 것은 그후였다. 시장경제를 실감하면서 대중들은 재산 분배의 과정에 문제가 있었다는 사실을 깨달았다. 체제 전환 후 몽골인들은 유럽이나 미국, 아시아 선진국들로 이주노동을 떠난다. 그중 한국은 인기 있는 나라였다. 노동 여건은 열악하나 유럽이나 미국, 일본에 비해 입국도 쉽고 무엇보다 체류 비용이 싸

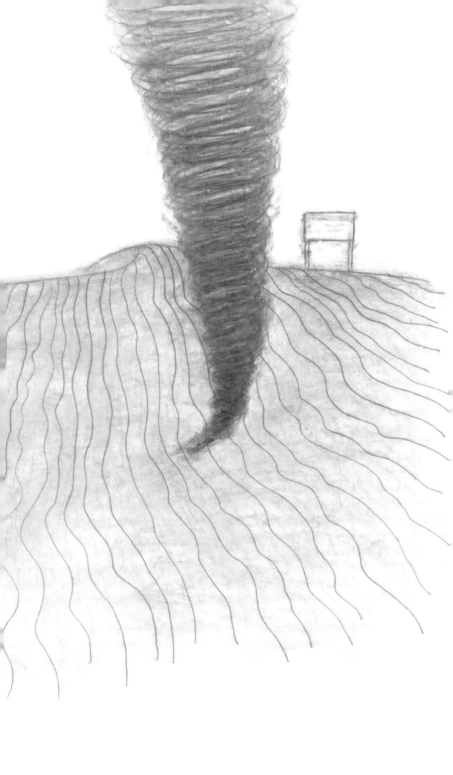

서 돈을 모아 오기에 용이했다. 현재 한국에 체류중인 몽골인들은 이만 오천여 명으로 아시아 국가 중 다섯번째로 많다. 몽골 인구가 총 이백오십만이므로 총인구 대비로 따졌을 때 한국 이주 몽골인들의 비율은 아시아 국가 중 단연 높을 것이다. 몽골의 각급 교육기관에는 한국어 강좌가 개설되어 있다. 한국말을 유창하게 구사하는 몽골인들을 쉽게 만날 수 있다. 이들은 대부분 한국에 다녀왔거나 앞으로 한국으로 취업하기를 희망하는 사람들이다. 오죽했으면 몽골 교민들을 상대로 발행되는 신문에 '한국말을 잘 알아듣는 몽골인들이 많사오니 택시나 공공장소에서 몽골이나 몽골인을 비하하는 언행을 삼가시라'는 안내문이 붙박이로 게재되겠는가.

이주노동자들이 번 돈이 몽골로 유입되면서 몽골사회는 급격하게 변화한다. 부동산 투기가 시작되고, 그 수요를 대느라 건설붐이 인다. 몽골 부부 노동자가 한국으로 이주해 삼 년 이상 일해 삼천만 원 정도를 벌어온다면 그들은 우선 조그만 아파트를 하나 마련하고 한국산 중고자동차를 한 대 구입할 수 있다. 자신들이 아파트에 입주하지 않고 세를 준다면 한 가정의 한 달 평균수입이 임대료에서 나온다. 자동차로는 택시 영업을 할 수 있다. 울란바토르 시내 아파트는 같은 평수라도 위치에 따라 최고 열배 이상의 가격 차이가 발생하고 있다. 또한 젊은층 사이에는 게르보다 아파트가 주거지로 더 인기가 있어서 아파트 가격 인상을 부채질한다. 그사이에 초원의 목자들이 도시로 대거 이주를 했다. 1995년 오십오만이던 울란바토르의 인구가 십 년 새에 세배 이상 증가했다. 그들은 대부분 도시의 빈민층으로 전락했다. 가축을 다 처분해도 울란바토르에 아파트 한 채 장만할 수 없다는 사실은 재산 분배의 형평성을 다시 생각하게 했다. 이미 물 건너간 일이었다.

시장경제 전환 후 또하나 놀라운 일이 벌어졌다. 은행 금리가 엄청난 이익을 가져다주던 시기가 있었다. 발 빠른 사람들은 여기저기에서 빚을 내서 은행에 돈을 예치하고 막대한 차익을 남겼다. 물론 이들은 정보를 선점한 사람들이었다. 단지 정보를 가졌다는 이유로 그들은 몇 달 새에 가만히 앉아서 아파트 몇 채가 왔다갔다하는 돈을 모을 수 있었다.

그런 와중에 대학은 취업준비를 위한 외국어 학원으로 전락했다. 몽골 노동자들의 평균 임금이 십이만 원 정도라면 외국어를 배워 몽골에 진출한 외국기업체에 취업하면 월 백만 원 이상의 고소득을 보장받는다. 당연히 대학에서 인문학과 기초예술은 설자리를 잃었다. 사회 지도층도 급격하게 물갈이가 이루어졌다. 삼십대 혹은 사십대가 사회를 주도한다. 그들은 러시아에서 공부한 세대가 아니라 미국이나 유럽, 일본이나 한국에서 공부한 사람들이다. 복지와 같은 공공부문의 투자는 뒷걸음질을 쳤다. 집 없이 떠도는 아이들이 울란바토르 시내에만 오천 명에 이른다. 그것도 언론의 통계 숫자이고 일만 명으로 추산하는 이들도 있다. 길가 화단이 황폐해진 것도 공공부문의 투자가 이루어지지 않아서다. 고유가와 만만치 않은 유지비용을 감수하면서도 자동차가 폭증하는 요인도 대중교통망이 취약한 탓이다.

한국에 노동자로 다녀온 경험이 있는 젊은 시인은 한국이 무조건 좋다고 말한다. 몽골 사람들이 다 한국에 가서 그들이 얼마나 열심히 사는지 보고 왔으면 좋겠다고 역설한다. 왠지 나는 욕보다 듣기 거북하다. 한국의 근대화가 몽골 지식인들 사이에 모델이 되고 있는 것은 사실이다. 몽골은 그들 나름대로 근대화의 상을 설계하고 이를 실행해나가기에는 힘이 부쳐 보인다. 후발 주자답게 시간에 쫓기는 인상도 있다. 아마 그건 몽골뿐 아니라 사회주의를 포기하고 시장경제체제를 받아들인 모든 나라들의 공통점일 것이다. 신자유주의 시장에 뛰어든 그들에게는 선택의 폭이 별로 없어 보인다. 이들 국가들을 '제3세계'가 아니라 '제4세계'로 불러야 할지 모른다.

11월 23일 오후 내 울란바토르 시내가 일상을 멈춘 듯 사람들이 텔레비전과 라디오 앞에 몰려 있었다. 미국 대통령이 역사상 처음으로 몽골을 방문한 것이다. 부시는 세 시간 동안 몽골에 머물렀다. 몽골이 아프가니스탄과 이라크에 병력을 파견해준 데 대한 감사의 인사를 전하러 몽골을 방문한 길이었다. 몽골군은 이라크에 백이십 명의 병력을 파견해놓고 있었다. 미국의 속셈은 몽골을 군사적 전초기지로 만들어 중국과 러시아를 견제하고자 하는 데 있다. 그는 연설을 통해 이라크 저항세력과의 싸움을, 십오 년 전 몽골 시민들이 공산주의에 맞서 대항하며 공산정권을 무너뜨렸던 투쟁과 비유하기도 했다. 이제 부시의 수사는 너무나 빤하다. 그처럼 노골적으로 미국의 입장을 대변하는 대통령도 흔치 않다.

나는 텔레비전을 통해 그가 몽골 기마병들의 호위를 받으며 자동차로 초원을 질주하는 모습을 지켜본다. 비록 세 시간이지만 그는 대통령 재임기간에 가장 가보고 싶은 곳에 와 있는지도 모른다는 생각이 떠올랐다. 지구의 서쪽으로 질주한 칭기즈칸과 텍사스의 사나이인 자신을 동일시하며 초원을 달리고 있는 건 아닐까? 옆에서 텔레비전을 함께 지켜보던 젊은 몽골 사업가가 중얼거린다. 몽골은 무슨 수가 있어도 미국과 손을 잡아야 한다고. 부시는 몽골의 일 년 치 국방비에 해당하는 달러를 선물로 주고 떠났다.

부시의 방문은 길고 무료한 한낮의 무슨 이벤트처럼 끝났다. 마른눈이 가끔씩 메마른 대지 위로 휘날렸다. 도시를 남으로 두른 보그드 성산 번번한 능선에 적설이 희끗했다. 나는 스산한 길거리를 걷다가 뚜껑 없는 맨홀을 들여다보았다. 그러다가 무춤 뒤로 물러났다. 거리에서 감쪽같이 사라진 올리아스 낙엽들이 모두 그곳에 쌓여 있었다. 그리고 아이들이 꾸물꾸물 나를 쳐다보았다.

평양식당 목란에서

몽골에 머무는 동안 나는 주로 평양식당 '목란木蘭'을 이용했다. 숙소에서 걸을 만한 거리에 있는 유일한 한식집인데다가 그집 음식이 정갈하고 입에도 닿았다. 북쪽 음식이야 요즘에는 남쪽에서도 얼마든지 먹을 수 있다. 아마 북녘 사람들을 만날 수 있으리라는 호기심과 기대감으로 목란을 찾았을 것이다. 따라서 식당으로 드는 첫걸음이 마치 맞선을 보러 가는 사람처럼 긴장되었다. 옷매무새도 다시 보고 선글라스도 벗었다. 그리고 주위를 둘러보았다. 왠지 주위에 한국인이 없었으면 싶었다. 연달아 나자신이 참 촌스럽다는 생각도 들었다.

점심때를 물린 시간이라 식당은 한산했다. 처녀 셋이 약간은 매정하고 쌀쌀맞은 듯싶은 평양 사투리로 '어서 오십시오' 하고 깍듯이 맞았다. 대중식당 규모였지만 손님 맞는 처녀들이 유니폼을 차려입고, 주방 일꾼들도 조리복을 갖춰 입어 고급식당 분위기를 풍겼다. 평양냉면이나 옥수수국수, 단고기 같은 전형적인 이북요리에다가 된장찌개, 삼치구이 같은 일반적인 한식, 육회와 초밥 따위의 특별 요리가 메뉴에 올라 있었다. 일전에 교포가 목란의 주방장이 평양 옥류관 출신이라 했던 말을 떠올리고 평양냉면을 주문했다. 음식을 기다리며 나는 티나지 않게 식당을 둘러보았다.

그림들이 유난히 많이 벽에 걸려 있었는데, 장식용이 아니라 판매용이라고 했다. 주체탑과 평양 시가지를 후경으로 한 양화 〈대동강〉이라든가 묵필로 그린 두 갈래의 〈울림폭포〉, 전형적인 북한 수예품 〈칠성문의 봄〉 〈묘향산의 가을〉 〈기녀 계월향〉 따위가 벽을 메우고 있었다. 수예품들은 그 섬세한 공력에 비해 어떤 예술적 감흥을 주지는 않았다. 다만 작품 한 귀에 올린 복순이니 성희니 하는 여성들의 이름에 눈길이 닿을 때는 언뜻 가슴이 먹먹했다.

평양냉면은 기대만큼 맛있지 않았다. 조리 솜씨 탓이라기보다는 내가 그 담담한 맛을 제대로 못 느껴서 그러는가 싶었다. 어려서부터 길들어야만 진미를 알 수 있는 음식이 더러 있는데 내게는 평양냉면이 그런 것 같았다. 강원도 사람 이효석도 옛글에 평양에서 지내며 오히려 냉면을 끊고 온면을 즐겨하였노라 적었다. 다음날 점심에는 된장찌개를 청해 먹었다. 몽골에서는 흔치 않은 애호박과 두부, 풋고추까지 곁들인 된장찌개는 이국음식에 지친 입맛을 되살려주었다.

겨울이 와 있었으나 아직 외출할 만해서 나는 매일같이 점심을 먹으러 목란을 찾았다. 때로는 손님 하나 없이 홀로 식사를 할 때도 있었다. 뭔가 대화를 나누고 싶었지만 아무 말도 떠오르

지 않았다. 점차 눈에 익어서 처녀들 중 누가 언니며 이름이 뭔지 알게 되었다. 손님이라고는 대부분이 한국 사람들이었는데 관광 비수기라 찾는 발길이 뜸했다.

가끔은 왁자지껄한 손님들이 몰려들기도 했다. 추위가 닥치기 전에 마지막 초원 여행길을 나선 사람들 같았다. 한결같이 호기심 가득한 얼굴로 들어왔다가 북한산 들쭉술 한 잔에 얼굴이 붉어지면 평양 처녀들에게 하나둘 말을 건넸다. 평양 사투리를 흉내내서 말하는 행태는 애교로 봐줄 만했다. 어쨌든 목란은 남쪽 사람들에게 식당일 수만은 없었다. 남쪽 관광객들이 그곳을 여행 코스 삼아 찾는 이유는 목란의 음식 솜씨가 좋아서만은 아닐 것이다. 더러 도가 넘어 짓궂은 손님도 있었다. 단골로 드나드는 한 중년 사내는 어느 날 중요한 사실이라도 밝혀냈다는 듯 목란 처녀들에게 비자 문제를 걸고 넘어졌다. 처녀들의 비자가 취업비자가 아니라는 거였다. 그 내막을 자세히 알 수 없으나 나는 그가 자신의 이권이나 어떤 원한으로 그러는 것 같지는 않았다. 우쭐해하는 모습이 단지 막 대해도 된다는 생각을 가진 사람 같았다.

또 어느 날은 현지 상사 주재원이라는 사십대의 두 사내가 술판을 벌여놓고 있었다. 점심 반주가 이어진 듯했다. 한 사내는 목란 처녀에게 노래 〈아침이슬〉을 연거푸 청해 듣고 있었고, 맞은편 사내는 또 한 처녀를 세워두고 실미도를 아느냐, 김신조를 아느냐 물어댔다. 처녀가 난처한 표정으로 고개를 저었다. 급기야 사내는 그럼 오늘 배우라는 식으로 팔을 걷어붙였다. 우리 같은 샐러리맨들이 내는 세금이 얼마나 북으로 가는 줄 아느냐? 그런데 북에서 한다는 게 미사일 발사 실험이냐? 서울 심야택시 속에서 들을 법한 이야기가 사내의 입에서 흘러나왔다. 마침내 주방에서 관리인 여자가 나와 손님들을 구슬려서 술자리를 정리시켰다. 내일 다시 오면 해장국을 끓여주겠노라는 관리인의 말에 두 사내가 손을 저었다. 내일은 골프를 치러 초원에 갈 거요.

목란을 드나들수록 나는 말수를 잃었다. 식당은 그저 밥 먹는 곳일 뿐이라고 거듭 되뇌었다.

춘원(春園)의 길

몽골에서 혹독한 겨울을 나는 동안 『유정』을 쓴 조선의 천재 춘원이 떠오르곤 했다. 결혼생활 중 만난 의대생과 북경으로 사랑의 도피행각을 벌인 그는 기차에 몸을 싣고 이 땅을 가로질러 시베리아 바이칼까지 갔다. 처자식을 버린 죄책감, 불온한 사랑의 파멸적 예감으로 그는 영적으로 구원받길 원하였을 것이다. 그후 춘원이 변절자로서 친일 행보를 하는 데에는 이 사랑을 통해 인생의 바닥까지 보고 온 깊은 허무가 있지 않았을까.

춘원의 컴컴한 길이 궁금할 때는 울란바토르 시내의 초이진 라마 사원을 찾아 사랑을 나누는 청동불상 앞에서 오래 머물러 있곤 했다. 처녀가 부처의 무릎에 앉아 부처를 놓지 않을 듯 껴안고 있다. 입술을 가까이 한 그들의 갈망이 애틋하다. 불상 뒤로 돌아가면 부처의 목을 두른 여자의 팔이 섬세하다. 그 손길에는 신의 문턱에 선 인간의 고통이 서려 있다. 동무를 해준 몽골 친구는 자기들 사이에서는 이곳을 '사랑의 사원'이라 부른다고 했다.

이 기묘하고 아름다운 조각상을 만든 이는 17세기 라마교를 국교로 삼은 승려 잔바자르(G. Zanbazar, 1635~1723)다. 잔바자르는 다섯 살 때 환생한 부처로 지목되어 어린 나이에 티베트로 보내졌다. 십대 말에 귀국한 그는 왕권과 라마교 최고 지도자를 겸하게 되었다. 그는 춘원처럼 극단의 삶을 살았다. 몽골제국을 청나라에 넘기는 서류에 국쇄를 찍었으며, 쇠락한 몽골민족의 문예를 부흥시켰다.

후세 작가 체. 에르데네는 소설 『잔바자르』(1990년)에 전설 같은 일화를 그려넣었다. 잔바자르에게 활불이 되기 전부터 어울리던 이웃 여자아이가 있었다. 성인이 되었을 때 그들 사이에 애틋한 사랑이 싹텄다. 가혹한 운명을 못 견딘 여자는 물에 뛰어들어 자진하였다. 홀로 남은 잔바자르는 부처로 하여금 그토록 처절한 관능에 몸부림하게 하였다. 사랑이 삶의 어느 한 밑바닥인 것은 분명하다.

몸을 내려놓는 일

"작가들이란 원래 게을러."

원로작가들한테 듣는 말 중에 이 말만큼 듣기 좋은 소리도 없다. 나 자신 늘 게으른 게 아닌가 자책하며 사니까. 소설 한 편을 쓰려면 책상에 앉아 있는 시간보다 뒹굴며 궁굴리는 시간이 더 많다. 달리 말하면 모든 일상이 글쓰기의 연장인 셈이다. 그러다 보니 노는 행위와 구분이 되지 않을 때가 많다. 우리 사회에서 노는 일만큼 죄스런 일이 또 있을까? 명색이 작가라는 자가 문득 책 한 권 읽는 일, 산책하는 일까지도 부담스러워진다면 이건 보통 심각한 문제가 아니다.

'빨리 빨리! 열심히 열심히!'

우리 사회를 움직이는 망령의 외침이다. 우리는 필요 이상으로 부지런할 것을 강요당하며 산다. 우리는 늘 힘들어죽겠다는 말을 입에 달고 살면서도 우리가 얼마나 비정상적인 속도에 얹혀서 사는지 인정하려 하지 않는다. 아니다. 진실을 본 죄로 혹여나 낙오될까봐 외면하는지도 모른다. 자신의 무능력과 불성실을 탓하면 했지, 저 망령된 외침에 맞서볼 엄두를 내지 못한다. 평온, 정적 그리고 한가로운 여유가 숨쉴 수 없는 사회. 한가로운 모색의 시간이 절대적으로 필요한 작가들도 마찬가지다. 많은 작가들이 원고 청탁을 받지 않고 글을 써봤으면 하는 바람을 갖고 산다. 이 글을 쓰기 전에 시계 초침처럼 옥죄어오는 마감시간과 다투며 소설 한 편을 썼다. 글 쓰는 재미와 보람은 간 데 없고 고통스런 숙제를 하고 난 느낌이다. 그런 글은 독자에게도 독이 되리라.

아내가 읽을 만한 책을 소개해 달라고 한다.

"게으름을 찬양하는 책이 있는데 어때?"

아내는 거의 즉각적으로 되묻는다.

"그거 별로 안 좋은 책 아냐?"

아내가 이상한 건 아니다. 게으른 자신을 채찍질하며 사는 우리들의 이웃일 뿐이다. 프랑스 사람 자크 러클레르크의 『게으름의 찬양』(분도출판사)은 속도에 짓눌려 사는 딱한 이웃들에게 한번 그 속도에서 내려보라고 권한다. 내리는 순간 나락이 아닌 '영혼의 평화'가 깃든 땅을 딛게 되리라는 것. 은연중에 우리 마음에 사무치는 모든 것, 만사가, 우리 삶 자체가 넓어지는 걸 느끼리라 한다. 게으름의 찬양은 속도의 비판이자 느림에 대한 찬양이다. 뒷주머니에 넣어도 구겨질 것 같은 이 작고 얇은 책을 아내에게 소리내어 읽어줄 셈이다. 나랑 한 템포만 발걸음을 늦추고 살아보자고 말이다.

외국의 어느 작은 섬에서 사흘을 보낸 석이 있었다. 정말 뜻하지 않게, 예정에 없던 여행이라 적잖이 당황했다. 동행도 없이 사

흘 동안 무엇을 하고 지낼까? 에메랄드빛 해변에는 서양 젊은이
들이 영화에서나 보던 풍경으로 휴가를 즐기고 있었다. 나는 거
기에 낀 유일한 동양인이었다. 첫날은 그 어색함과 낭패감을 견디
느라 지루할 새가 없었다. 수영을 하고 해변에 드러누워 자고 풍
성한 식사를 하여도 쉬는 게 아니었다. 정말 너무나 무료했다. 무
료한 나머지 가방에서 꺼내든 책이 미셸 투르니에의 산문집 『예

찬』(현대문학)이었다. 그냥 그건 텔레비전 리모컨처럼 그렇게 손에 잡힌 책이었다. 짧은 글들 위주라 여기저기 눈길 닿는 대로 아무 데나 뒤적이며 읽었다. 참으로 한가한 인간들이군. 짐승이 측대보로 걷는지 대각보로 걷는지 그게 그렇게 중요하단 말인가? 나는 책을 읽으며 그런 생각을 했다. 당장 내 문제는 얼마나 크고 심각한가? 이 서양인들의 틈 속에서 휴식은커녕 알 수 없는 초라함으로 미칠 지경이었다.

어느 순간 나는 짐승이 앞발과 뒷발을 함께 움직이는지 교차해서 움직이는지 한 번도 궁금해하지 않은 일에 몰두했다. 해변을 걷는 개들을 한나절은 구경했을 것이다. 문득 나는 외부로 향한 시선이 조용히 내게로 향해 있다는 것을 깨달았다. 내 몸이 어느 손아귀에선가 놓여나는 느낌이 들었다. 거기에는 게으른 사람들의 눈에만 보이는, 그러나 누구나 외치며 갈망하는 삶의 충만이 있었다. 나는 잠깐이지만 몸을 내려놓은 것이었다. 즐거워야 한다는 강박도 사라지고 없었다.

두번째 왈츠,
그리고 세 겹의 여자 이야기

두번째 사랑

경쾌한 왈츠를 듣고 있으면 사랑의 예감으로 설레는 풋풋한 연인들이 떠오른다. 때로 연애쯤은 한 시절 비눗방울 같은 미망으로 추억할 수 있는 노년의 담백한 춤곡 같기도 하다.

그러나 옛 소비에트 음악가 쇼스타코비치가 작곡한 재즈 모음곡 중 2번(Jazz Suite No.2), 일명 '두번째 왈츠'는 선율이 비극적 정조를 띤다. 휘장을 찢고 나가고자 하는 자유의 열망이 어느 대목 고양되지만 대체로 장중한 가운데 슬프다. 재즈풍의 왈츠라 그런 선율을 낳았는지, 혹은 이 곡을 주제곡으로 사용한 몇 편의 영화가 준 이미지에서 비롯한 감상인지 모른다. 어쨌든 '두번째 왈츠'는 어렵사리 새로운 사랑을 맞이하는, 상실의 상처를 지닌 젊지도 늙지도 않은 연인들의 왈츠 같다. 처연하고 막막한 느낌이 있다.

첫사랑 이후에 오는 사랑은 모두 두번째 사랑인지 모른다. 첫 사랑은 예감 속에 충만하나, 두번째 사랑은 상처에서 애틋하게 피어난다. 사별이나 이별 후 찾아오는 사랑은 치유의 몸짓이며, 그래서 조심스럽지 않을 수 없다. 상대의 마음으로 다가서기 전, 사랑이 숙명처럼 안은 속성인 불안이 극에 달한다. 매혹과 몰입의 상태를 부정하고 싶어한다. 성숙한 사랑에는 매혹과 몰입 말고 또다른 어떤 요소가 있으리라 믿고 싶어한다. 환상을 걷어내고 현실에 단단히 뿌리박기를 갈망한다. 그런 욕망이 강할수록 자신의 사랑은 점점 불구가 되어간다. 그 모든 마음의 경계들을 넘어서서 지친 끝에 조심스럽게 두번째 사랑과 손을 잡는다.

검은 상복

대학시절 검은 소복을 입고 한 계절을 보낸 여자 선배가 잊히지 않는다. 벌써 이십 년 전 이야기이다. 믿기지 않을 정도로 그녀의 모습이 선연한 데 나는 놀란다. 아마 그 기억이 죽음과 관련되어서 그럴는지 모른다.

1학년 여름방학 때 내가 다니던 대학의 총학생회장이 의문의 죽음을 당했다. 나는 자취방이 든 골목 초입에 있던 어느 신문사 지국에서 내붙인 대자보를 보고 그의 부음을 접했다. 그를 불과 며칠 전 여러 선배들과 함께 술집에서 만났던 터라 믿을 수가 없었다. 방학인데도 학생들이 학교로 모여들었다. 하나같이 당황한 가운데 그를 지켜주지 못한 죄책감에 어찌할 바를 몰랐다.

그의 시신을 대학병원 영안실에 안치하고 진상규명 투쟁을 벌였다. 시절은 공안정국이었고, 한 대학의 학생회장이 의문사를 당하였으니 사회적 이슈가 되었다. 당시 그의 죽음에 안기부가 개입한 여러 정황들이 속속 드러났다. 끝내 죽음의 진실은 밝혀지지 않았다. 그의 장례식은 오십여 일을 넘겨 가을에 치러졌다. 그 여름에서 가을 동안 나는 영안실 주변에서 머물렀다. 경찰이 여러 차례 시신을 탈취하려고 해서 학생들이 스스로 지키지 않으면 안 되었다.

여자 선배는 학생회장과 연인이었다. 생전에 두 사람은 우리들에게 신실한 사랑의 모습을 보여주었다. 장례식 동안 여자 선배는 검은 한복으로 지은 상복을 입고 머리에 삼베 머리핀을 꽂은 채 빈소에 머물렀다. 하루이틀도 아니고 오십여 일 동안 그 모습은 변치 않았다. 그 긴 조문의 시간 동안 홀로 남게 된 그녀의 아픔을 우리는 따로 살필 겨를이 없었다. 어쩌면 우리들 각자가 다 상주의 심정이었을 테고 위로받고 싶었을 것이다.

그 장례식을 뒤로하고 나는 도망치듯 군에 입대했다. 군복을 입고 있는 동안 분신정국이 이어졌다. 스무 살을 돌이켜보면 검은 만장 같은 기억만이 남아 있다. 다시 학교로 돌아와 나는 학생회장의 이름으로 만든 추모 모임에서 한 해 동안 실무자로 일했다. 여자 선배의 모습은 보이지 않았다. 그것은 전혀 이상하지 않았다. 멀리 유학을 떠났다는 얘기가 들렸지만 회원들 사이에서는 어떤 금기처럼 그녀의 근황을 입에 올리지 않았다. 비록 망자를 묘지에 묻기는 하였으나 그의 죽음은 여전히 진행형이었다. 생몰연대는 명확하나 죽음에 이른 진실을 밝힐 수 없었으니 그의 짧은 행장行狀 한 편 남길 수가 없었다. 문학평론가 김현은 '죽음의 기억은 전 존재를 떨게 하는 고압선'이라고 하였다. 남은 자들은 모두 조금씩 상처를 입은 채 살았다. 그녀를 떠올리는 일은 상처를 덧나게 하는 일이었는지 모른다. 그리고 모르긴 해도 가장 상처가 깊었을 그녀가 이 죽음으로부터 보호받기를 바라는 연민이 우리에게 있었을 것이다.

막내아들의 죽음에 수차례 혼절하던 그의 어머니도 아들 곁으로 떠났다. 그를 보냈던 청춘들이 중년이 되었다. 지금은 그녀가 어디에서 어떻게 지내는지 알지 못한다. 가끔 상복을 입은 그녀가 떠오른다. 돌이켜보면 그녀가 스무 살을 갓 넘긴 앳된 누이였다는 사실이 새삼스러워 가슴이 먹먹해진다. 유가족도, 그렇다고 추모객도 아니었던 어정쩡한 위치에서 그녀가 감내해야 했을 상처와 슬픔을 뒤늦게 헤아려본다. 그녀에게 상복을 입힌 사회가 떠오를 때면 어떤 울분이 가슴 깊은 곳에서 고인다. 그 앳된 처녀는 이제 그 터널과 같은 어두운 청춘에서 한 발 물러났을까. 그 사이 심성이 밝고 듬직한 사내를 만나 두번째 왈츠를 추었을는지……

연이 엄마

열두 살 무렵이었다. 마을에 대나무숲을 두른 호젓한 집이 있었는데 그 집 아저씨는 아내를 사별하고 혼자 지냈다. 어느 날 누군가 중신을 서서 비슷한 처지의 여자를 새 아내로 맞게 되었다.

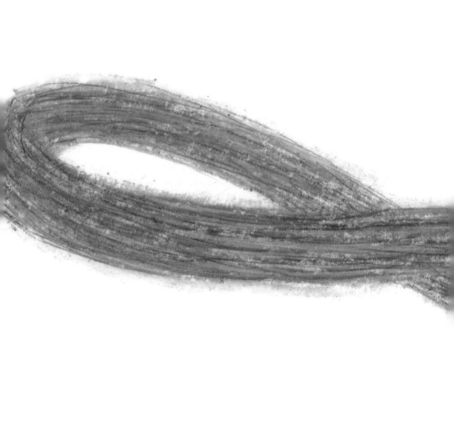

그때는 재혼이라는 게 조용하게 이루어져 초례청을 꾸미는 잔치 따위는 없었다. 마을 우물에서 만나 안면을 트고 한 마을 사람이 되었다. 새 아주머니는 '연이'라는 나와 동갑내기인 예쁘장한 여자아이를 달고 왔다. 그 아이는 아이들과 섞이려고 그랬겠지만 행동을 예바르고 야무지게 하려고 애썼다. 그래도 그 얼굴에서 어떤 그늘을 씻을 수는 없었다. 그 집 어머니와 내 어머니가 금세 친구가 되었고, 연이도 자연스럽게 친구가 되었다.

한 해를 채 살지 못하고 그 집 아저씨가 세상을 등지고 말았다. 한동안 연이 모녀는 대나무집에 머물렀다. 나는 연이가 떠나리라는 걸 상상도 하지 못했다. 함께 학교를 다니고 서로 자라는 모습을 지켜볼 줄 알았다.

어느 달 밝은 밤이었다. 동네 아이들과 술래잡기를 했는데 나는 우리집 뒤란으로 돌아 안방 뒷문 밑으로 몸을 숨겼다. 연이 어머니가 놀러와 부모님과 함께 도란도란 얘기를 나누고 있었다. 어느 결에 연이 어머니의 억눌린 흐느낌 소리가 들려왔다. 아버지와 어머니는 안타까운 목소리로 그녀를 위로했다. 어른들이 나누는 이야기를 대충 헤아릴 수 있었는데 부모님이 연이 어머니에게 재가를 권하는 눈치였다. 마치 큰 비밀이라도 엿들은 아이처럼 나는 가슴이 뛰었다. 골목에서 술래가 부르는 소리가 들렸지만 나는 뒤란에서 숨죽인 채 나가지 않았다. 어린 마음에도 큰 상실감이 마음을 짓눌렀다. 아이들이 모두 돌아갔고, 연이도 제 어머니를 불러내 귀가했다. 그제야 나는 앞마당으로 나갔다. 나는 어머니에게 조용히 물었다.

"연이 엄마 새로 시집 가?"

어머니는 경계하는 목소리로 대꾸했다.

"어른들이 하는 말 엿듣고 옮기면 못써."

며칠 후 연이 모녀는 마을에서 사라졌다. 우리는 인사도 제대로 못 나누고 헤어졌다. 새 삶을 두고 축복받아야 마땅한데도 밤길로 사라진 모녀의 운명이 오랫동안 안타까웠다. 도대체 무엇이 그 모녀로 하여금 밤길을 밟게 하였을까.

조국의 여자

나는 그런 아득하고 불가해한 운명들을 여러 차례 목격하였다.

몽골의 북부도시 볼강Bolgan 시로 몽골의 여러 예술가들과 여행했을 때의 일이다. 그 여행에는 기자들과 방송인들이 동행했다. 그중 방송 카메라를 어깨에 멘 젊은 여기자가 있었다. 술 좋아하고 노래 잘하는 그녀는 긴 기차여행 동안 몽골 예술가들에게 인기가 많았다. 그녀를 아껴주는 동료들의 마음씀씀이에는 남다른 데가 있었다. 귀동냥으로 그녀의 과거를 들었는데 그녀는 유명한 음악가의 젊은 미망인이라고 했다. 유복자로 낳은 쌍둥이 자매를 기르며 씩씩하게 살고 있다고 몽골 동료들이 칭찬해마지않았다.

아무튼 그녀는 술자리에 끝까지 남아 노래 부르고 춤추고 유쾌했다. 왠지 나는 그녀가 자학적인 몸부림을 하는 것만 같았다. 기찻길을 따라 취기가 점점 깊어지기도 했겠지만 볼상 시에 가까워질수록 그녀의 얼굴에서 초조한 기색마저 느껴졌다. 그리고 나는 그녀를 대하는 몽골 친구들에게서 그녀를 향한 어떤 연민의 정을 느낄 수 있었다.

조그맣고 호젓한 도시 볼강에 닿았을 때 그녀는 술자리에서 물러나 옷매무새를 고쳤다. 카메라 장비를 챙겨서 여러 행사를 필름에 담는 그녀의 모습은 조금 침울해 보였지만 직업인으로서 한 치의 흐트러짐도 없었다. 나는 기차여행 동안 그녀에게서 받은 인상을 괜한 감상쯤으로 돌리고 말았다.

여행 일정에 따라 그 도시의 박물관을 견학하게 되었을 때였다. 몽골의 도시들은 역사박물관과 자연사박물관, 생활사박물관이 결합된 형태의 시립박물관을 가지고 있었다. 미로 같은 전시관을 둘러보고 마지막 부스에 이르렀을 때였다. 이 도시가 배출한 예술가들의 유품이 전시된 공간이었다. 어느 음악가의 초상화 앞에서 동행한 몽골 시인이 조금 충격적인 사실을 알려 주었다. 이 음악가가 바로 우리와 동행했던 여기자의 남편이라는 것이었다. 그러고 보니 그녀의 모습이 보이지 않았다. 아마도 박물관 견학 일정에서 슬그머니 빠진 눈치였다. 나는 음악가를 소개하는 안내문에서 그녀가 미망인이 된 지 십 년이 넘은 사실을 발견했다.

이내 나는 이런 가혹한 운명도 있을까 싶어 마음이 쓸쓸해졌고, 대학 시절 여자 선배가 떠올랐다. 호텔로 돌아오는 길에 나는 몽골 시인에게 그녀가 재혼할 뜻이 없느냐고 물었다. 몽골 시인은 누가 그것을 알 수 있겠느냐고 반문했다. 그리고 덧붙이기를 박물관에다가 남편을 두었으니 살아생전에는 그녀의 삶이 자유롭지 못할 거라고 했다. 조국의 여자가 된 셈이군. 마치 나는 그녀가 저주라도 받았다는 듯 그렇게밖에 말할 수가 없었다. 어떤 운명이 가혹한 게 아니라 왠지 이 사회가 가혹하지 않은가 생각되었다.

두번째 왈츠

연인이나 배우자를 잃은 상처는 존재론적으로 남자든 여자든 누구에게나 고통이다.

가부장적이고 권위적인 사회는 사랑을 잃은 여성들에게 이중의 고통을 안긴다. 몽골 여기자의 삶이 결코 특수한 경우라고 말할 수는 없다. 국가주의와 민족주의가 강하고 봉건사회의 자장을 벗어나지 못한 동아시아에서는 '남겨진 여성'에게 필요 이상의 눈물과 애도를 요구한다. 그리고 집단적인 연민으로 여성의 영혼을 옭아놓는다. 두번째 왈츠는 철저히 실존적 치유의 길이다. 사회가 개입할 수는 없다. 왜곡된 문화는 실존적 치유를 더디게 한다. 연이 어머니로부터 시작된, 순정하다고 믿고 싶은 내 연민도 실상 순수한 시선만은 아닐 것이다. 누구든 축복 속에서 두번째 왈츠를 출 수 있어야 하지 않겠는가. 그렇다고 두번째 왈츠가 결코 경쾌해지지는 않겠지만 말이다.

4부

고수 高手

봄볕에 글을 말리다

"서울은 차암 인심 존 디여. 을매나 좋은지 알어? 유제(이웃)들이 똥까지 치워준다니께."

종묘공원 국악당 앞, 할아버지 한 분을 두고 둘러선 노인들의 입이 헤벌쭉하다.

"나가 서울에 첨 올라와서 벤소에 적응을 못 했어. 거 수세식 있잖여. 거기만 앉으면 나오던 것도 도로 기들어가네. 이러다가 나가 메칠 못 가서 똑 죽겄다 싶드랑게. 참다 참다 안 돼서 옆에다가 신문지를 요렇게 깔아놓고 일을 봤네. 어찌나 시원하던지 인저 살 것 같더라니게. 근디 또 걱정이 생겨. 요것을 어떻게 치우냐 이거여. 아, 메누리나 손지들이 보믄 기겁을 안 할 거드라고? 궁리 끝에 요것을 선물 포장하데끼 신문으로 요리조리 잘 쌌네. 인자 고걸 어짜까 어짜까 하믄서 집 앞이 공원까지 들고 나갔잖여. 의자에 내려두고 궁리하니라고 담배 한 대를 피왔으까. 근디 뭔 일이 일어난 중 알어? 잠깐 눈을 뗐는디 고것이 금세 없어졌더랑게. 호박 구뎅이도 없는 서울 인심이 그렇게 좋더라 이것이여."

주위 노인들이 자지러지는데 때마침 공중화장실에서 노인 한 분이 나오며 무슨 재미난 이야기냐고 묻는다. 그러자 재담을 늘어놓던 할아버지 왈,

"아따! 자네는 도로 줏어묵고 온가? 들어간 지 반 시간 가차이 됐구만."

언제부턴가 우리 주위에서 이야기가 없어졌다. 이야기 없어진 자리에는 흉흉한 사건만 남았다. 재담 자리에 개그가, 풍류 자리에 유흥이 판을 친다. 본디 이야기는 재미와 더불어 민심을 만들고, 이야기에 뼈를 심어 사는 이치를 전하였다. 도둑처럼 달려가는 시간을 웃음으로 잠시 잡아세우고 한숨 돌리기도 했다.

종묘공원에는 노인들이 있고 이야기가 있다. 종묘공원은 돈 없고 오갈 데 없는 노인분들이 모여 시간을 보내는 우리 사회의 그늘진 곳이자 노인분들이 눈치 안 보고 지낼 수 있는 해방구이기도 하다. 서울 노인들뿐 아니라 지하철이 닿는 곳이면 어디에서든 무료승차권을 이용해 노인들이 몰려든다. 종교단체나 사회단체에서 차린 무료급식대 앞에 줄을 선 노인분들 모습이 마냥 정겨운 광경만은 아니다.

이곳에도 나름 독특한 문화가 꽃피고, 그것을 소중히 가꾸는 사람들이 있다. 한쪽에서는 만담판이 벌어지고 또 한쪽에서는 장기판이 벌어진다. 입심 좋은 노인 하나 목청을 돋우면 금세 노인들이 몰려들어 만담이 펼쳐진다. 얘깃거리는 무궁무진하다. 일본이나 중국의 역사 왜곡 문제나 정치판 이야기로 시끄러운 만담판이 있는가 하면 전쟁 체험기나 화려한 여성편력을 늘펀하게 늘

어놓는 만담가도 있다. 바둑이나 장기는 막걸리나 소주 한 병을 건 내기판이다. 두는 사람보다 둘러서서 훈수 두는 이들이 더 많다. 또 한쪽에서는 난장판과 싸우듯이 한 무리의 노인들이 기체조에 열중이다.

종묘공원에서 단연 이채로운 풍광은 공원 안쪽 월남 이상재 선생 동상 앞에 펼쳐진 서예가들의 마당이다. 예닐곱이나 되는 노옹들이 과거를 보는 선비처럼 바닥에 꿇어앉아 붓을 놀린다. 비단필이니 우모필이니 하는 좋은 붓 없이도, 와당지 같은 화선지 없이도 종이박스에 돌 눌러놓고 이태백이 안 부럽다는 양 낭랑하게 한시를 읊는다.

"군불견, 황하지수천상래니 분류도 해불부회라君不見 黃河之水天 上來 奔流到 海不復回……"

부천 송내에서 왔다는 공씨 할아버지의 한시 한 자락이다.

"춘향가에도 나오는 이태백의 그 유명한 「장진주將進酒」여. 그대는 보지 못했는가? 황하의 물이 하늘에서 내려 세차게 흘러 바다에 이르면 다시 돌아오지 못하는 것을! 그대는 보지 못했는가? 고대광실 맑은 거울 속에 비친 슬픈 백발을! 아침에 까만 비단실 같더니 저녁에는 눈처럼 희어졌구나! 인생은 뜻대로 될 때에 마냥 즐겨야 할지니, 황금 술단지를 달 아래 그냥 두지 마라! 워쩌? 이것이 인생 아니겠어?"

그러자 옆에서 지켜보고 있던 노인들 입에서 맞아, 맞아, 하는 대꾸가 들린다.

"진나라 사람들 참 짠 사람들인디. 근디 이태백이 그 노인네는 과장이 겁나게 심했지 않더라고?"

다른 노인이 아는 체하느라 한마디 얹자 옆 노인이 "그래서 멋있는 거여" 하고 거든다. 왜 진나라 사람들이 짠돌이들인지 알 길 없고 이태백이 정말 엄살쟁이였을까 싶으나 그이 품평이 은근히 맘에 든다. 공씨 할아버지는 누군가 알은체를 해주고 끼어드는 신명에 십 년째 종이박스를 모아서 종묘공원으로 나오고 있다. 그이는 내친김에 새 박스를 펼쳐놓고 정약용의 칠언 율시 「타맥행打麥行」을 꼼꼼한 필치로 써내려간다. 수전기가 있는 손길인데도 한 점 흐트러짐이 없다. 할아버지가 외는 한시는 끝이 없다.

"요건 박스가 작은께 인자 김삿갓이 스님하고 이빨 하나씩 뽑기 시합을 하면서 지은 시문을 옮겨보겠드라고."

여남은 개 쌓아둔 박스에서 조리퐁 박스를 뽑아 펼치며 공씨 할아버지는 말한다.

"시문 중에 제일 긴 것이 백거이의 「장한가長恨歌」인디 칠언시로 백이십 줄, 구백 자제. 냉장고 박스가 있으면 나가 그걸 써볼 것인디 안타깝구먼."

그 많은 한시를 어떻게 외시냐고 여쭈니 뜻을 새기면 글은 자연히 따라온다고 하신다. 그 옆자리에서 '공원 낙서장'이라는 제목을 달아놓고 박스에 글을 짓는 이 할아버지는 여든여덟 살의 노구를 이끌고 평택에서 날마다 찾다시피 오는 분이다. '佛'자의 마지막 획을 박스 하나가 다 차도록 끌어내리며 이 일이 삼시세끼 먹고는 안 된다고 힘주어 말한다. 무슨 사연으로 그 먼길을 다니시냐고 여쭈니, "먹고 할 일 없으니까 시간 보내려고 이 모냥

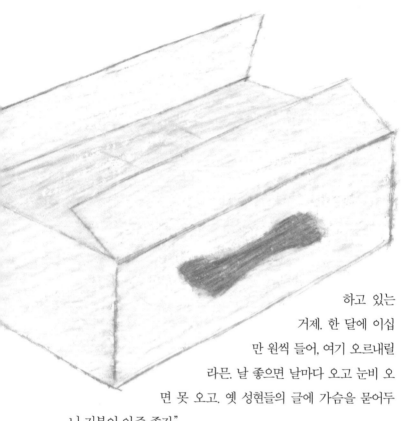

하고 있는
거제. 한 달에 이십
만 원씩 들어, 여기 오르내릴
라믄. 날 좋으면 날마다 오고 눈비 오
면 못 오고. 옛 성현들의 글에 가슴을 묻어두
니 기분이 아주 좋지."

문방사우를 갖춰놓고 '중호산인中乎散人'이라 낙관을 박아 글을
파는 할아버지도 있다. 함북 출신 김할아버지 역시 여든을 넘겼
다. 나무와 나무 사이에 줄을 치고 서화와 글을 주렁주렁 내걸었
다. 서화는 이만 원, 글은 만 원이다. 서화는 연변에 사는 큰집 조
카들이 선물로 보내온 것이고, 글은 당신이 손수 붓을 적신 것이
다. 우리나라 사람들은 잘 사지 않고 종묘를 찾는 서양인들이 더
러 사간다. 낙관으로 사용한 '中乎散人'의 뜻을 물으니 '中乎'는

친구가 지어준 본인의 아호이고, 붙여 쓴 '散人'은 겸양의 예를 갖춰서 '평범한 사람이 쓰다'란 뜻이고 한다. 이상재 선생 동상 앞볕 좋은 자리에 전을 펼친 범정梵淨 할아버지는 구로에 사시는데 '근선응부勤善應富'라는 글씨를 이만 원인데 만 원에 주겠노라 한다. 뜻을 물으니 해가 독특하다.

"부자가 되는 데는 부지런함과 착함이 서로 나란해야 한다는 소린데 부지런함이 지나치면 죄를 저지르기 쉽고 착하기만 하면 재물이 안 따라와요. 그래서 적당히 구정물에 발을 담가야 생존요소를 얻는다는 뜻이 담긴 글이여."

글 값이 너무 비싸다고 했더니 종이값밖에 안 된다고 우기신다. 이 정도 쓰느라고 이십 년 버린 종이 값은 쳐줘야 한다며 글을 뒤로 치웠다.

"다음에 또 놀러 올게요."

"우리한테 그런 말 말어. 어제 본 사람이 오늘 없는 데가 여기여. 젊은 사람들 많이 데리고 와. 여기도 재밌어."

쭈그려 앉았다가 일어났으나 간만에 귀가 뚫린 듯 시원하였다.

맹랑한 평양 아가씨

2002년 10월 14일. 금강산에서 열린 '남북해외청년학생통일대회'의 이튿날이자 마지막날 행사가 김정숙 휴양소에서 열렸다. 그쪽 이름으로는 '체육오락경기' 시간이었는데 남, 북, 해외 참가자들을 골고루 섞어 조를 만든데다 서로 이렇다 할 대면시간이 없다가 운동장에 함께 풀어놓으니 설레고 흥이 났다. 다리 한데 묶어 뛸 때도 우리는 제법 보조가 척척 맞았다. 대학생들이 대부분이었는데 한창훈 형이나 나는 아저씨라고 불리지 않는 것만도 고마워서 이끄는 대로 고분고분 따랐다. 특히 앳된 평양 아가씨가 "우리래 깐지게 해보시자요" 해가며 어찌나 야무지게 조를 이끄는지 서툰 율동마저도 따라했다.

그래도 단거리마라톤까지는 뛸 엄두가 안 났다. 경품 탐내고 나설 몸도 아니었고, 어차피 조별 참가가 아니라 개별 참가라 부담도 없었다. 그랬더니 평양 아가씨가 우리 조원들이 다함께 뛰면 얼마나 좋겠느냐고 아쉬워했다. 한창훈 형도 서로 땀냄새 좀 맡자고 슬금슬금 다리를 풀었다. 그 소리가 나는 참 멋있었다. 행

사 내내 뭔가 결핍감 같은 걸 가지고 있었는데 통일 구호보다 땀냄새가 아닐까 싶었다.

우리 조원들은 출발선에서 단합을 과시했다. 성적에 연연하지 말고 낙오자 없이 함께 완주하자. 5킬로미터 남짓한 산길을 돌아오는 코스였는데 아마 2킬로미터 지점까지는 구령을 넣고 웃어가면서 즐겁게 뛰었다. 행사가 행사인 만큼 우리처럼 뛰는 조들이 많았다. 선두그룹은 이미 저만큼 멀어지고 점점 우리를 추월해가는 주자들이 늘어갔다. 그래도 우리는 페이스를 잃지 말자고 눈짓을 주고받았다. 그런데 별안간 평양 아가씨가 대열을 이탈해서 앞으로 나아가는 게 아닌가. 처음에 조원들의 페이스를 끌어올리려고 그녀가 그러는 줄 알았다. 그녀는 고개 한 번 꼬지 않고 오르막길을 맹렬하게 뛰어갔다. 머잖아 그녀는 시야에서 사라졌다.

우리 조는 거의 파장 분위기가 된 운동장으로 돌아왔다. 시상식이 거행되고 있었다. 평양 아가씨가 상품을 안고서 조원들이 모인 자리로 돌아왔다.

"죄송합네다. 내래 갑자기 경쟁심이래 생겨가지고 고만……"

우리는 이 맹랑한 입상자에게 축하의 박수를 쳐주었고, 나는 왠지 흐뭇했다.

마지막 정리행사로 구룡폭포로 산행을 하게 되었는데, 그 평양 아가씨와 나란히 걷게 되었다. 대학 졸업반에서 경제학을 공부하는 학생이라고 했다. 조잘조잘 얘기를 잘했다. 재미있는 얘기를 들려주겠다며 전래동화 '박쥐' 이야기를 천연덕스럽게 늘어놓는데, 아마도 회색주의를 넌지시 비판하는 의도 같았다. 서툰 사람이었다. 무슨 일을 하면서 사는지도 내게 묻고, 자기는 미시경제도 배워 안다고 자랑하고, 그리고 그이는 무심코 최근 경제난으로 출산율이 떨어졌는데 다시 호전되고 있어 다행이라며 경제학도답게 통계수치까지 들이대며 말했다. 나는 멈춰 서서 산길을 힘차게 오르는 그이를 바라보았다. 살냄새를 맡은 것 같았다.

몽골로 간 홍어

우리나라 음식을 국제화하자는 주장이 부쩍 높다. 한국을 방문하는 외국인들에게 여론조사를 해봐도 우리의 음식문화에 대한 관심이 가장 높게 나타난다고 한다. 우리 음식이 세계인들에게 충분히 어필할 수 있다는 의견이 있는가 하면, 유별난 한국음식이 외국인 입맛을 맞추는 데는 한계가 많다는 주장도 있다. 어쨌든 우리 음식을 즐기는 외국인들이 꾸준히 늘어가는 추세이고, 이는 반길 일이다. 먹는 것을 공유하면 반은 친구가 된 것이나 다름없다.

몽골에서 지낼 때 한국식당에서 김치와 불고기를 즐겨 먹는 현지인들 모습을 많이 볼 수 있었다. 그렇다고 많은 몽골인들이 한국음식을 맛있게 즐기는 건 아니다. 내가 아는 젊은 몽골여성은 여느 외국인처럼 한국음식이 너무 맵다고 겁을 낸다. 그 여성은 김치를 먹고 나면 알레르기 반응으로 몸에 두드러기가 난다

고 하였다.

　외국인들이 우리 음식을 외국인들이 널리 사랑하게 된다고 하
여도 마지막까지 가까이 못할 음식이 있다면 아마 홍어가 아닐
까 싶다. 우리나라 사람들 중에도 입을 못 대는 사람들이 많으니
까. 더러 어려서부터 입에 익혀야만 그 맛을 제대로 음미할 수 있
는 음식이 있다. 삭힌 홍어가 대표적이다.

　홍어를 정기적으로 먹어줘야 할 정도로 즐기는 사람이라면 음
식 탐이 유별난 사람 축에 든다. 몽골에서 만난 어느 한국인 사
업가가 그런 사람이었다. 그는 몽골에 현지법인 회사를 설립하느
라 장기간 체류하고 있었다. 한국에서 엔지니어늘이 입국하게 되
자 그는 그 편에 홍어를 가져다달라고 부탁했다. 비닐로 여러 겹

싸서 아이스박스에 담은 홍어가 몽골까지 배달되게 되었다.

먼저 몽골 공항에서 문제가 발생했다. 공항 검역원이 정체불명의 아이스박스를 풀라고 종용했다. 심부름꾼 승객은 그럴 수 없다고, 큰일난다고 손사래를 쳤다. 그런 몸짓이 오히려 검역원의 의심을 키운 걸까. 음식이라고 아무리 항변해도 검역원은 확인해야겠다고 마약사범 다루듯 사뭇 험악했다. 심부름꾼은 하는 수 없이 아이스박스를 풀었다. 검역원은 대번에 상자를 닫으라고, 그리고 빨리 가라고 내몰았다고 한다.

홍어는 울란바토르 시내의 아파트까지 무사히 배달되었다. 사업가는 홍어를 입에 넣자 먼 이국에서 깊어만 가던 향수병까지 말끔히 씻기는 것 같았다. 그는 아껴 먹느라 며칠을 두고 홍어를 즐겼다.

그 며칠 동안 그의 아파트 현관이 소란스러웠다. 아파트 관리인 노파가 찾아와 자꾸 항의를 하였다. 처음에는 영문을 모르다가 나중에는 홍어 냄새 탓인 걸 깨닫고 그는 한국음식 냄새라고 정중하게 설명했다.

닷새째 되는 날 아침, 갑자기 여러 사람이 몰려와 문을 두드렸다. 사업가가 문을 열었을 때 관리인 노파와 함께 마스크를 쓴 경찰관과 소독 분무기를 든 보건소 직원이 서 있었다. 경찰은 그를 거실 한곳으로 몰아붙이면서 범죄자 다루듯 했다. 그사이 보건소 직원이 살해된 시신이라도 찾겠다는 듯 소독 분무기를 들이대고 아파트를 샅샅이 뒤졌다.

이 거짓말 같은 이야기는 실제로 내 지인이 겪은 이야기이다.

모든 의혹이 풀렸을 때 지인은 몽골인들에게 아주 귀하고 맛있는 한국음식이라며 한 점씩 드셔보실 것을 정중히 권하였다고 한다. 이 유별나고 엉뚱한 사업가야말로 한국음식의 국제화에 몸소 나선 분이 아니고 무엇이겠는가.

이상한 나라의 문인실태조사

몽골에는 열흘을 주기로 발행되는 '오트가 저히얼 오프락'이라는 문학예술 전문 신문이 있다. 가판대에서도 쉽게 구입할 수 있는 이 신문을 통해 몽골 문인들은 시와 소설을 발표하고 문학 관련 소식을 접한다. 이 신문은 대통령이 직접 후원한다. 사회주의 시절부터 발행된 신문인데 시장경제로 바뀐 후 재정난으로 한동안 휴간되었다가 복간되었다. 구독자가 꾸준히 늘어 경제적 자립까지 내다본다고 한다.

하루는 이 신문에 재미난 기사가 실렸다. '촐롱'이라는 시인이 몽골 문인들에 대해 조사한, 우리로 치면 문인실태조사쯤 되는 보고서였다. 그는 작가 총 340명을 조사했는데 몽골작가동맹에 등록된 문인이 600여 명쯤 된다니 그 반 이상을 조사대상으로 삼은 셈이다.

조사대상 문인 중 32.6%가 교직에 몸담고 있었다. 셋 중 하나는 교사인 셈이다. 전업은 16명으로 의외로 적었는데 아마 뚜렷한 직업이 없다고 응답한 93명에는 전업 같지 않은 전업 작가들

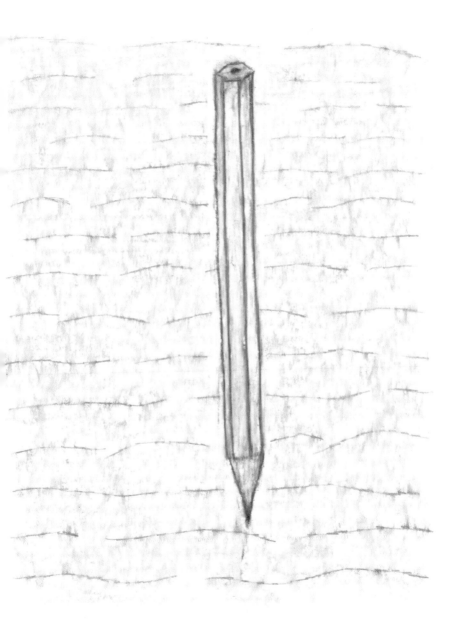

이 다수 섞여 있을 것이다. 법조인 21명, 의사가 13명이나 되고, 기자도 12명으로 많은 편이었다. 유목사회라 특이하게 수의사가 6명이나 있었고, 4명의 비행사와 3명의 전화교환원도 눈에 띄었다. 조사자는 말미에서 몽골의 문인들이 사회지도층을 형성하고 있다는 견해를 피력했다.

몽골 문인들이 태어난 해가 '3'과 '8'의 해가 압도적으로 많다는 조사 결과가 이어졌다. 340명의 조사자 중 59.7%에 해당하는 203명의 작가가 이런 해에 태어났다. 역학을 중시하는 사회라지만 이런 항목을 조사 내용에 포함한 게 흥미로웠고, 그 결과도 기상천외했다. 몽골 문인 200명 이상이 쥐띠, 토끼띠, 뱀띠, 닭띠였다고 하며 이런 해들은 역학적으로 우주의 에너지가 아주 승하고 길한 해였다고 조사자는 의견을 달았다.

기사는 마지막으로 또 재미있는 조사내용을 알려주었다. 문인들 중에 동명이인이 꽤 많았는데 나착도르치, 푸렙도르치, 냐마 같은 이름은 무려 7명씩이나 되었다. 네 명이 같은 이름을 쓰는 경우도 2건, 2명 이상인 경우는 하도 많아서 다 언급할 수도 없다고 밝히고 있다.

매년 새해에는 수도 울란바토르에서 시인대회가 열린다. 전국에서 시인들이 상경하여 이틀 동안 다양한 행사를 갖는다. 부대행사로 시낭송대회가 열리는데 세종문화회관 같은 대형공연장에서 개최된다. 미리 예선을 거쳐 뽑힌 30명 남짓한 시인이 무대에 올라 낭송 경합을 벌인다. 주최 측은 일반인들에게 관람권을 판매한다. 우리 돈으로 팔천 원쯤 되는데 현지 물가로 꽤 비싼 편이나 암표가 성행할 정도다. 이 행사는 텔레비전으로도 방영된다.

낭송대회 사회는 남자 원로문인과 여자 연예인이 맡는다. 족히 일흔은 되어 보이는 원로문인은 말재간이 남달라 입만 뻥긋해도 관객들이 자지러진다. 심사위원들은 문인부터 일반시민까지 남녀노소 구분 없이 다양하게 구성되어 객석에 앉아 품평에 참여한다. 본선 참가자 모두가 무대에 올라 자리를 잡고 한 명씩 무대 가운데로 나서서 시를 낭송한다. 배경음악이나 반주도 없는 맨목소리 낭송이다. 관객들은 더러 깔깔거리고 더러는 감동에 젖은 표정을 짓는다.

그 자리에서 시인 10명을 가려낸다. 머리 허옇고 명망 있는 원로시인도 탈락자 명단에 있고, 결코 탈락을 불쾌히 여기지 않는다. 남은 10명이 다시 무대에 서고, 그중에 5명이 최종적으로 남는다. 이들은 모두 수상권에 든 시인들이다. 마지막으로 등위를 결정하려고 이들이 다시 무대에 선다. 1등은 젊은 시인이 차지했고 그에게 부상으로 삼십만 원의 상금이 주어졌다.

울란바토르의 시인들은 북부도시 볼강 시까지 기차와 자가용으로 하루하고 반나절이 걸리는 긴 시낭송 여행을 떠난다. 이 여행은 술의 여행이기도 하다. 시인들은 밤새 열차 침대칸에서 보드카에 대취한다. 시민들이 영하 20도의 날씨에도 아랑곳하지 않고 행사 두어 시간 전부터 시민회관으로 모여든다. 장 따라 나선 아이들처럼 조무래기들까지 와서는 무대 아래서 뛰어논다. 지방소도시인 점을 감안하면 관람객 열기는 울란바토르보다 더 뜨거웠다.

몽골 시인들은 초원에 서면 즉석에서 경연을 연다. 마치 조선 묵객들이 즐긴 풍류도처럼 그들은 한 자리에서 시를 짓고 낭송하여 최고의 시를 가린다. 아름다운 대지와 풍광에 대한 찬미가 그이들의 일처럼 여기는 듯싶다.

몽골 시인들은 연초에 모여 몽골 근대문학의 시조인 나착도르치의 고향을 찾아간다. 울란바토르에서 한나절을 꼬박 눈 덮인 초원을 차로 달려야만 닿을 수 있는 초원이다. 드넓은 초원 한 곳에 작은 탑신처럼 표지석 하나 달랑 서 있는 곳이 나착도르치 유적지다. 여름에는 말과 양이 한가로이 풀을 뜯는 그런 초원일 따름이다. 시인들은 그곳에서 자신들의 맑은 노래를 위하여 조상의 정기를 받으려 한다.

일망무제의 초원, 시원始原의 영감을 선사하는 대지, 별들을 잘 가꾸고 있는 하늘, 혹독한 겨울과 고립무원의 고독, 우주와 자연에 대해 한없이 겸손한 사람들. 이 가운데에서 그곳의 시인들은 태어난다. 그들의 언어는 자연을 빌려 노래한다. 풍정과 세태와 역사와 철학이 자연의 언어를 떠나지 않는다. 그들이 "저 대지의 어머니!" 할 때는 은유가 아니다. 그냥 그것은 어머니 대지 그대로다. 우리가 맛들인 수사학으로 그들의 시를 보면 수수하기 이를 데 없는 찬미와 영탄과 감동이 범람한다. 자칫 수준 낮은 수사로 범벅이 된 가사를 보는 것 같을지도 모른다.

그곳 시인들은 아직 샤먼의 몸에 가깝다. 그곳에서도 샤먼이 흐릿해졌지만 그들은 아직 샤먼으로부터 멀리 벗어나 있지는 않다. 샤먼의 눈은 별들이 운행하는 소리를 듣는다. 싹이 마른 대지를 뚫고 힘차게 솟는 기운을 감지할 수 있다. 대지가 신음하고 하늘이 성내는 걸 느끼고 증언한다. 죽은 자의 음성을 산 자에게 옮길 줄도 안다. 양과 낙타도 그들의 음성을 빌려 말할 수 있다. 지구의 저쪽 한 귀퉁이에서 작은 생명이 아프면 그들도 자궁 자리가 아프다. 그러하니 몽골은 마지막 남은, 시인들의 대지이다.

돼지와 더불어

　지난해에는 보령 교외에 거처를 마련해 여름부터 겨울까지 났다. 명색이 작업실이었다. 주인이 먼 도회지로 발령이 나서 비게 된 집을 시인 이정록 형이 알음알음으로 소개해주었다. 형은 전업작가 주제에 글 농사 형편없는 나를 두고 늘 못마땅하고 안타까이 여기던 터였다.

　네 가구가 입주한 2층짜리 다세대주택이었다. '너른마당'이라는 심상치 않은 이름을 가진 이 주택의 입주자들은 보령 지방에서 교편을 잡은 교사들이었는데 십여 년 전 해직교사분들 몇이 뜻을 모아 이 주택을 지었다고 한다. 마당 한쪽에는 단독주택이 한 채 더 있었다. 원로의 박선생이라는 분이 살았는데 그 역시 전직 교사로 너른마당의 촌장 역을 하고 있었다. 너른마당이 여러 의미로 붙여진 주택 이름이겠으나 당장 넓게 가꾸어진 잔디 마당을 보고는 그럴싸했다. 이웃 농민들은 '전교조 선생들 사택'이라고 거부감 없이 부르곤 하였다. 처음 집 구경을 갔을 때 베란다마다 '우리는 수입 쇠고기를 먹지 않습니다'라고 씐 작은 펼침막을 내걸어놓고 있었다.

일산에 차린 신접살림을 천안으로 옮긴 건 사 년 전이었다. 천안은 이십대 때 이태 남짓 지낸 인연이 있는 고장이었다. 그러나 이제 가족을 꾸린 마당에 지방생활은 녹록지 않았다. 원고료 수입으로는 살림이 안 되어 자연 이것저것 일을 맡아서 하느라 서울 출입이 잦았다. 일에 따라서는 출퇴근도 해야 했다. 뒤에는 힘이 부쳐 흑석동에 방 한 칸을 얻어 한 해 남짓 자취했다. 만만한 방을 구하다보니 고등학생 시절 순천으로 나와 유학하던 자취방처럼 궁색하기 이를 데 없었다. 한옥의 문간방을 개조한 방에서는 역한 노린내가 풍겼다. 단백질 탈 때 나는 그 노린내는 아주 익숙한 냄새였다. 몽골 어디에서나 맡곤 하던 양 기름 냄새와 흡사했다. 방구석에 설치된 싱크대 주변에는 갈색 기름이 사방으로 튀어 있었다. 창문과 환풍기도 중국집 주방처럼 묵은 기름때에 절어 있었다. 도대체 어떤 사람이 살았기에 방 꼴이 이리도 한심하단 말인가. 절로 한숨이 나왔다. 족히 사오십 년은 묵었을 집이니 이 방을 거쳐 간 세입자들은 또 얼마나 많았을까.

찌든 때를 닦아내고 방향제를 사다놓았는데도 냄새는 쉬 가시지 않았다. 소제하는 소란을 겸연쩍게 지켜보던 주인댁 할머니가 중국 여자 둘이 이태를 살았노라 변명처럼 알려주었다. 며칠 동안은 퇴근해서 방으로 돌아오기가 싫어 밖으로 돌았다. 마치 방이 나를 거부하는 것 같고, 심지어 낯선 사람들과 동거하는 기분마저 들었다. 돌이켜보면 전에 살던 중국 여인들은 저녁이면 이 친숙한 냄새 속으로 고단한 몸을 부리곤 했을지 모른다. 언젠가 이 방에도 내 몸과 생활에서 피어나는 냄새가, 남들에게는 거슬릴 냄새가 밸 것이다. 그때는 나에게도 친숙하고 안온한 방이 되어 있겠지. 그러고 보니 방이라는 게 제 냄새가 배어야만 곁을 내주는 무슨 집짐승처럼 여겨지기도 했다.

때마침 자주 드나들던 커피숍 주인 부부가 집에서 간편하게 커피를 즐겨보라며 에스프레소 포트와 원두커피를 추천해주었다. 커피 마니아로 지내던 이들이 아예 그 길로 나서서 차린 가게라 그 집 커피 맛은 일품이었다. 집에서 원두커피를 끓여 먹는 일은 제법 그럴듯해 보였다. 어떤 방향제보다 낫지 싶기도 했다. 역시 커피를 내려먹으면서부터 퇴근길 발걸음이 한결 가벼워진 건 사실이었다. 커피숍 주인 부부는 시시때때로 세계 곳곳의 원두를 내놓으며 신맛 좋은 인도네시아산이네, 구수한 탄자니아산이네 하고 권하였다. 나는 커피 관련 책까지 구비해놓고 취미처럼 몰두해서 커피를 열심히 끓여 마셨다. 냄새로는 별 효과가 없었지만 저녁때면 어서 방으로 돌아가 커피 내려먹을 생각으로 설레었다.

당시로서는 네댓 달 생활비를 여툴 수 있다면 그걸 밑천으로 오랫동안 마음에 담아둔 장편소설을 써볼 결심이었다. 몇 달이나마 마감에 쫓기지 않고 단편소설을 써보고 싶었다. 일 년여의 자취생활을 정리했을 때는 온 가족이 고생한 보람도 없이 다시 빈손이었다. 뒷돈 한 닢 못 모으고 그저 살림만 한 셈이었다. 다시 속은 느낌이 들었다. 돈 모아서 여유 닿을 때 창작을 해야지 하는 결심이 얼마나 허황한지 처음 겪는 일도 아니면서 낚시 문 망둥이 꼴로 되풀이하고 있었다. 뒤미처 스스로 얼마나 오만했는지 깨달았다. 은연중 나는 소설 쓰는 일 말고 다른 일을 하면 마치 큰돈을 벌 수 있으리라 자만해서 살았지 싶었다.

집 구경을 하고 두어 달이나 늦어진 칠월이 되어서야 너른마당으로 내려갔다. 남의 일 받듯 몇 군데 잡지의 청탁서를 받아들고 새 거처에 들어앉았다. 다시 방과 친해지는 일에 몰두했다. 주말에 만나는 두 살, 다섯 살 두 아이는 남의 집 아이처럼 부쩍 자라 있곤 했다.

너른마당은 단순한 살림집이 아닌 공동체 공간이라 할 수 있었다. 건물 지하에 취사가 가능한 공동공간이 있었는데 한때는 풍물패 같은 여러 동아리의 배움터로 내주기도 했다고 한다. 그곳에서 너른마당 가족들이 보름에 한 번씩 모여서 함께 식사를 했다. 너른마당은 어른 아이 합해서 열여섯이나 되는 대식구가 기거했다. 아이들도 초등학생과 중학생이 각각 셋, 고등학생이 하나여서 식사시간은 마치 큰집 제삿날 저녁 풍경을 자아냈다. 식사 준비는 집집이 돌아가며 맡았다. 너른마당을 처음 열 때부터 지켜온 전통이었다. 그날은 공동공간인 계단이라든가 마당을 청소하고 생활폐품들을 정리하는 날이기도 했다. 식사시간은 단순히 입주자들의 친목도모에만 목적이 있지 않았다. 너른마당의 대소사가 그 자리에서 자연스럽게 의논되었다. 내 입주 문제도 그 자리에서 논의가 되었다고 한다.

누구나 한번쯤 뜻 맞는 사람끼리 한곳에 터 잡고 살아볼 꿈을 꾸어보았을 것이다. 너른마당 식구들은 그 꿈을 실현하고 있는 사람들이었다. 어쨌든 새로 온 사람으로서 나는 눈치껏 너른마당

생활을 익혀나갔다. 모두가 신실하고 친절할 뿐 아니라 배려심도 깊어 늘 마음 한편으로 빚진 마음이 있었다.

내 입주를 가장 반긴 이는 촌장인 박선생이었다. 낮이면 아이들까지 학교로 가고 적막해지는 너른마당에 그와 내가 남아 지낼 때가 많았다. 박선생은 동무가 생겼다고 반겼다. 그는 나이 쉰에는 딴 인생을 살리라 일찍이 마음먹고 교직을 떠났다. 중국을 이웃집 드나들 듯하며 길게는 해를 넘겨, 짧게는 며칠씩 대륙을 골골샅샅 주유했노라 했다. 그분의 다단한 무용담이니 추억담을 듣고 있노라면 얼핏 그의 얼굴에 그리움의 그늘이 비끼고는 했다. 그렇지만 그가 중국에서 무슨 일을 도모했는지 끝내 듣지 못했다.

그이는 집에 머무를 때는 텃밭을 가꾸고 묵정밭을 개간하는 일에 열성을 쏟았다. 아침마다 늦잠에서 깨고 보면 우리집 현관에 이슬 젖은 애호박이 한 알 놓여 있고는 하였다. 그이가 개간하는 묵정밭도 예전에 집 들어선 자리였던지 캐낸 돌이 담을 이루었다. 그의 곡괭이 소리가 들려오고 끙끙거리며 돌 옮기는 소리가 들려와도 나는 미안한 마음을 누르며 방에서 머물렀다. 그건 결심이기도 했다. 선생도 내게 이르기를 각자의 일에 충실하자는 거였다. 그래도 미안할 때는 이제는 눈뜨면서부터 한 모금 하고 봐야 하는 커피를 내려다가 나눠 마셨다. 마당가에 앉아 그의 건입담에 젖고 있노라면 엉덩이를 일으키기가 쉽지 않았다.

그의 농사는 그저 텃밭 가꾸기 수준이 아니었다. 집 밖으로 삼백 평에 이르는 고구마밭이 있었다. 또 어디에 옥수수밭을 가꾸는지 손질한 옥수수를 사흘이 멀다 하고 현관에 밀어놓았다. 손님이 다녀가면 농부처럼 옥수수를 한 봉지 가득 담아서 들려 보냈다. 농촌마을에서 너른마당 식구들이 신망을 받으며 정착해 살아가는 것도 모르긴 해도 그의 덕이 커 보였다. 그래도 그는 훌륭한 농부라고는 할 수 없었다. 큰 농사고 작은 농사고 간에 모름지기 농부는 가을걷이까지 집을 떠나는 사람이 아니었다. 그러나 그는 밭에서 뒹굴다시피 일하다 말고 연장을 그 자리에 놓고 홀연히 사라지곤 했다. 어느 날은 집을 비웠다가 며칠 만에 돌아와 보니 박선생이 보이지 않았다. 이웃한테 여쭈었더니 "이발하러 중국에 간 모양이유" 하였다. 우스갯소리긴 하나 실제로 박선생은 면도를 해서 귀밑이 훤해 나타났다. 그는 바람처럼 중국으로 건너갔다 오곤 하는 눈치였다. 지척에 군산항이 없다면 그의 벌떡증 같은 역마가 조금은 잠잠했을는지 모른다.

밭에서 없어지는 버릇도 그렇지만 실제로 그는 이웃 농부들한테 농부로서 인정을 받지 못했다. 손님에게 옥수수를 안기며 배웅하는 모습을 오토바이를 타고 가던 주민이 보고 인사했다.

"그놈의 옥수수 참 여무네. 어디다가 그런 농사를 지었디야?"

박선생은 칭찬 받은 학생처럼 우쭐해서 대답했다.

"뭘 농사래유. 식구끼리 먹으려고 저 너머 텃밭에다가 쪼끔 했지유, 뭘."

"그랴? 근디 고구마밭은 왜 그 모양이댜. 풀을 헤쳐보고 고구마밭인 줄 알었구민."

내 글쓰기도 그의 농사와 다를 바 없었다. 하루종일 책상 주변을 맴돌면서도 한 줄 써내지 못하고 있었다. 의욕과는 달리 쓰고자 하는 소설이 보잘것없이 하찮게 여겨졌다. 세상에 보낼 말이 없었다. 그리고 그 마음은 곧 자책으로 이어졌다. 명색이 작가가 된 지 십오 년을 넘기고 있었지만 쓰는 가운데 보람을 느끼는 몸을 만들지 못했다는 자책감이었다. 이대로 살다보면 평생 글의 노예가 되지 싶었다.

그리고 서울생활에 몸이 축났는지 자꾸 몸이 처졌다. 저녁나절이 되면 손가락 하나 움직이기 싫었다. 낮잠에 들면 몇 시간을 혼곤한 잠에 취해 있기도 했다. 결국 그 여름에 나는 어느 잡지로부터 청탁받은 소설 한 편을 마감하지 못했다.

박선생은 묵정밭 개간이 끝나자 밭에서 나온 돌들을 정으로 쪼아 마당 진입로 포장하는 일에 매달렸다. 텃밭 언저리 감나무 밑에 석공 한 사람이 사는 것 같았다. 아무리 굳게 마음을 먹어도 소설 쓰네 들어앉은 자리가 가시방석이었다. 그래도 나는 꿋꿋이 견뎌야 한다며 문고리를 잡고 뒤돌아서곤 했다.

하루 낮에는 커피를 들고 나갔더니 땀을 들이며 박선생이 말했다.

"저기 산너머 청라에 이문구라는 분이 사셨대?"

그는 앞산을 가리켰다. 나는 귀가 번쩍 뜨였다. 그가 이문구 선생을 안다는 사실도 반가웠다.

"그분을 아세요?"

"뭘 알겄어. 우리 집사람 친정이 그쪽이여. 그 양반하고 같은 한산 이씨지. 육이오 어간에 결딴난 집안이여. 근디 그분도 영 돈

하고는 멀었던 모양이데. 나도 심심해서 가봤는데 아무 볼 것도 없데. 하긴 선비가 처마만 높으면 대수일까만 세상에 이름 내놓은 사람 집 같지 않아서 좀 거시기 하더라고."

나도 산책길에 질재까지 올라 저 아래 어디쯤에 이문구 선생의 작업실이 있겠거니 생각하곤 했다. 청라면은 김종광의 고향이기도 해서 십여 년 전에 한번 가본 적이 있었다. 그러나 이때껏 마음으로만 담아놓은 채 지금은 비어 있을 이문구 선생의 작업실을 찾아 나설 엄두가 나지 않았다. 그래도 왠지 마음 한편은 든든하였고, 또 그만큼 그립고 안타깝기도 했다. 그 마음은 이문구 선생이 떠나고 나서 줄곧 깊이 고여 있는 마음이기도 했다.

"저수지 풍광이 좋아. 자연과 풍류를 아끼는 사람이라면 움막이라도 치고 가까이하고 싶은 곳이지."

그는 또 아득한 얼굴이 되어 말했다.

둘만 남은 대낮에 그런 대화들이 쌓이면서 나는 마당에 나앉는 시간이 길어졌다. 박선생은 이야기를 하다 말고 마을에서 가볼 만한 데가 떠오르면 곧장 엉덩이를 털고 일어났다. 그렇게 나는 부지불식간에 박선생을 따라 집 밖으로 나서기도 했다.

선생은 저녁이면 멀리 들판을 돌아 한 시간 남짓 산책을 한다고 하여 따라나서기도 했다. 그는 들이 심심해지면 산으로 이끌었다. 마을을 둘러싼 산봉우리들이 첩첩이었다. 흔히 앞산과 뒷산은 깔보이게 마련인데 역시 오서산 자락에 들어보니 숲은 울울하고 비달이 서고 하여 만만하지 않았다. 박선생이 선하기를 이웃마을 사람이 몇 년 전 산삼을 캐온 산이라고 하였고, 그가 목

격하지는 못했지만 숲에 들어 멧돼지를 본 주민들이 있다고 하였다. 이문구 선생의 단편 「인생은 즐겁게」에서 이 지역 멧돼지에 대해 읽은 구절이 기억났다. '오서산 멧돼지 사냥, 성주산 노루 사냥, 청라저수지 청둥오리 사냥, 오다가다가 까치랑 까마귀 사냥…… 아…… 어서 겨울이라도 와야 살지, 진짜 심심해서 미치겠다구' 하고 이문구 선생은 써놓았다.

산에 들면 박선생은 서어나무며 아그배나무를 눈여겨보게 하고 참나무와 신갈나무, 떡갈나무를 구분하는 눈도 길러주었다. 산밤이 벌 때는 그가 봐둔 깊은 골짜기로 들어 알밤을 배낭 가득 주워오기도 했다. 돌아오는 길에는 내년 가을에는 도토리를 줍자고 약속도 했다. 나는 집에 돌아오기 무섭게 굴신도 못 할 만큼 피곤해서 방바닥에 드러누웠다.

추석을 지내려고 집으로 돌아왔다가 갑작스레 나는 병원에 입원했다. 정기적으로 간기능 검진을 받고 있었는데 간기능 수치가 비정상적으로 치솟아 있었다. 보통 50 이하가 정상인데 1,000을 넘겼다고 하였다. 나는 수치만으로도 지레 겁을 먹었다. 황당한 마음에 주치의에게 못 먹을 것을 먹었느냐, 과로를 해서 그러느냐고 외려 문진하듯 물어댔다. 의사는 그런 원인들로 수치가 그만큼 오를 수 없고, 다른 이유가 있을 거라고 했다. 그는 입원해서 안정을 취하면서 원인을 찾아보자고 했다. 닷새쯤이면 퇴원하리라는 말도 덧붙였다.

때마침 모 단체에서 주관하는 문학상 소설부문 예심 의뢰가 들어왔다. 개인사정상 힘들겠다고 사양했더니 의뢰인은 양이 많지 않으니 웬만하면 봐달고 했다. 몸이 좋지 않아 입원중이라고 했다가는 소문이라도 나서 원고 청탁이 끊길까 내심 걱정이 되었다. 한편으로 이것저것 값비싼 검진이 많아 병원비가 만만치 않을 텐데 조금이나마 벌충할 욕심도 생겼다. 원고를 배달받았다. 링거를 꽂고 침대에 누웠다가 앉았다가 하면서 원고를 읽어나갔다. 간호사가 잔소리를 해서 원고를 숨겨놓고 곶감 빼듯 해야 했다. 소설들이 담은 인생살이들이 왜 그리 하나같이 팍팍한지 그걸 다 읽어내노라면 없는 병도 들지 싶었다. 소설이 독이었다. 나 역시도 그간 그런 독 같은 소설을 써냈지 싶었다. 그러자니 무슨 깨달음처럼 내 병이 마음에서 왔구나 생각되었다.

닷새면 되리라는 입원이 여드레를 넘겼다. 그동안에 사투 같았던 예심을 끝마쳤다. 기력은 찾았으나 마음이 갑갑했다. 병상이 환자를 만든다더니 괜히 우울해지곤 했다. 아비에게 문병 오는 길을 마냥 신나 하는 어린 두 아이가 눈에 밟혀서 자꾸 눈시울이 붉어지곤 했다. 지금껏 게으르게 소설을 쓴 일이 후회스럽고 이제 병원을 나서면 여한 없이 소설을 써야겠다는 두 주먹을 쥐기도 했다. 세상에 하찮은 게 없다는 믿음이 밀물처럼 밀려들곤 하였다. 아주 오래 소설을 쓸 거야, 하는 말이 무슨 주문처럼 마음속에서 자꾸 되뇌어졌다. 그러다가도 금세 두 아이가 아비 없이 살게 될까봐 더럭 겁이 났다.

오랜만에 너른마당으로 돌아왔더니 박선생은 마당에 무쇠솥을 걸어놓고 있었다. 고구마와 호박을 서뉘늘이면 엿을 고을 거라고 했다. 시장에 팔려고 지은 농사가 아니니 농산물은 나눠 먹고 저장해둬도 남아돌 것 같다고 걱정이 태산이었다. 선생은 내심 그걸 핑계삼아 새로운 재밋거리를 찾는 눈치였다. 생강엿이며 무엇이며 어릴 때 입에 대본 엿들을 추억하는 게 그러하고, 고구마에 밑 들기를 초조히 기다리는 마음이 그러했다.

박선생은 겨우내 몇 차례에 걸쳐 솥에 장작을 지펴 엿을 고아냈다. 엿을 고아낸 날은 아이들을 불러모아 솥에 붙은 엿을 긁어 먹게 했다. 그도 어린 시절에 겪은 한 풍경일 거였다. 엿 고는 일을 몇 번 하더니 그도 금세 시들해졌는지 어느 날에는 바다에서 고깃배를 얻어 타보고 왔다며 그 감회를 곡진하게 전했다. 내년에는 작은 배를 한 척 마련해야겠다는 포부도 밝혔다. 나는 이제 수렵에도 뛰어드시는 거냐고 농담으로 거들었다.

그분의 탐구열과 열정이 부러웠다. 나는 그분보다 젊다고 할 수 없었다. 나는 늙어버린 느낌이 들었다. 여전히 책상이 멀게만 느껴졌다. 억지로 앉아 보았지만 눈앞이라기보다 손끝이 막막했다.

박선생과 며칠째 주포에서 주교에 걸친 들판과 농로로 산보를 돌다가 날이 차니 산에 오르자 하여 앞산을 오르게 되었다. 그새 축난 몸에 근력이 붙어서 마음도 생기를 찾아갔다. 대화가 끊기는 틈틈이 나는 생각이 많았다.

하루는 중국 얘기를 들으며 산등성이를 걷고 있는데 남사면 쪽 숲이 소란스럽게 흔들렸다. 지진처럼 느껴졌다. 우리는 비탈진 산자락을 내려다보았다. 멧돼지들이 양쪽으로 갈라져서 뛰는 광경이 눈에 들어왔다. 다섯 마리? 여섯 마리? 순식간에 지나간 광경이라 정확히 헤아릴 수 없었지만 우리는 멧돼지들이 사라진

숲을 입을 벌린 채 바라보았다. 정말 저돌적으로 질주해 그들은 사라졌다. 우리는 넋없이 그 자리에 서 있었다. 산을 내려오는 사십여 분 동안 우리는 입을 열면 "허어, 그것 참……" 하는 탄성인지 탄식인지 모를 소리만 토해냈다.

집에 돌아와서도 흥분은 쉬 가라앉지 않았다. 내가 목격한 멧돼지들을 떠올려보려고 하면 허상처럼 눈에서 멀어졌다. 그놈들의 털빛이 갈색이었는지 푸른색이었는지 헷갈렸다. 몸피도 정확히 그려지지 않았다.

"워쩌 오늘도 가볼껴?"

이튿날 오후에 박선생이 찾아와 말했다. 나는 여느 때처럼 커피를 대접했다. 커피 내리는 동안 박 선생이 말했다.

"도망치지 않게 조용히 넘어야 혀. 오늘은 그러자구."

군침소리라도 들은 듯 반가워서 나는 들뜬 목소리로 대꾸했다.

"선생님도 자꾸 눈에 어른거리지요? 저도 밤새 눈에 밟혀서 떠들어보지도 않던 일기장을 들춰서 일기를 썼다니게유."

"뭐라고 썼댜?"

"뭐긴유. 야생 멧돼지를 떼거리로 맞닥뜨렸다, 나는 야생 호랑이를 만난 셈 친다, 뭐 이렇게 썼지유."

박선생도 흡족한 표정이었다.

"우리 집사람은 낮꿈을 꿨냐며 믿지를 않어. 환장하겠다니게."

우리는 겨울 동안 몇 차례 산을 더듬고 다녔지만 그 녀석들을 다시 만나지 못했다. 그러나 내 마음속에서는 〈월령공주〉의 멧돼지처럼 청동빛 억센 털을 휘날리며 산을 넘는 집체만한 놈들이 살고 있었다. 왠지 그 속에서 나도 더불어 뛰는 상상에 젖고는 하였다. 그 힘으로 나는 몇 달 만에 겨우 소설을 써냈다.

겨울 끝자락에 소설가 김남일 선생이 소식도 없이 찾아왔다. 그 역시 강원도 홍천의 깊은 골짜기에서 이태째 겨울을 나고 있었다. 오랜만의 만남이라 서로 반가워 술잔을 두고 밤새 이야기를 나누었다. 이튿날 아침에 우리는 이문구 선생의 작업실을 찾아 질재를 넘었다. 나는 초행이었고, 김남일 선생은 1990년 초반에 한번 찾은 적이 있다고 하나 오래된 기억으로는 초행이나 다름없었다. 결국 우리는 집을 못 찾고 박선생에게 전화를 넣었다.

그의 안내를 받으며 댓 집 농가가 앉은 청라저수지 가에 이르렀을 때 김남일 선생이 한 집을 가리키며 기억을 되살려냈다. 산자락 아래 낚시용품 가게가 있고, 그 집 뒤뜰로 행랑채마냥 조립식으로 지은 낮고 푸른 지붕이 보였다. 인적 없는 마당에는 마른 풀이 우북하고 생전에 명천 선생이 심었으리라 싶은, 아직 어린 소나무 한 그루가 마당 한 귀에서 겨울을 나고 있었다. 대문도 문패도 없었다. 대청마루에 커튼이 쳐져 주인의 흔적을 들여다볼 길이 없었다. 아무래도 나는 긴가민가했다. 그러다가 마루 창틈으로 우편물 몇 통이 물에 떠서 꽂혀 있는 게 눈에 띄었다. 그 봉투에 우편물의 주인 이름 석 자가 찍혀 있었다.

'충청남도 보령시 청라면 장산리 731번지 이문구 귀하'

지난해 시월분 전기요금청구서였다. 210원. 무정한 한전 전산망이 수신인의 생사를 알 턱이 없었다. 전기요금청구서를 보내온 한전 보령지점의 주소가 또한 '보령시 명천동'이라 찍혀 있어 왠지 망연한 마음을 더해주었다.

올봄 삼월에 나는 이삿짐을 쌌다. 이 집에서 아주 오래 산 듯하였다. 다음에 이사 올 사람은 비듬처럼 떨어놓은 답답한 내 마음까지도 씻어내야 할 것이다. 미안한 마음이 들었다. 박선생에게 "선생님과 함께 야생 호랑이를 목격한 일을 평생 잊을 수가 없을 거예요" 하고 작별인사를 했다. 박선생도 활짝 웃었다.

"전선생. 내 올봄부터 마당 한쪽에다가 흙집을 한 채 지을 텐데 그 오두막으로 놀러와요."

고독한 사람 3

　장수 노인들을 만나 그들의 삶을 건강 잡지에 매달 연재한 적이 있었다. 예나 지금이나 '장수 비결'이라면 귀가 쫑긋해지는 게 세태이고 보면 그 취재는 이채롭고 흥미로웠다. 나는 탈속하여 유유자적하고 지내는 노인들을 만나려면 두메산골이 제격이라 싶었다. 취재 대상은 구십 세를 넘긴 건강한 분들이어야 했다. 그런 분들을 만나면 하루를 함께 보내며 인생담을 듣고 사는 모양새를 살폈다.

　처음 만난 노인은 강원도 산골에서 너와집을 지키고 사는 화전민이었다. 비 내리는 초저녁에 그이를 만나게 되었는데 작은 상을 두고 홀로 술잔을 기울이고 있었다. 낙숫물 떨어지는 처마 아래에서 주인은 문턱에 괴고 앉아 생각이 깊었고, 부엌과 잇닿은 외양간에서 암소가 식구처럼 들어앉아 여물을 되새김질하고 있었다. 노인은 비 탓에 점심상 반주가 저녁까지 길어졌다며 내게 소주 두어 병을 더 청하였다. 나는 오던 길을 되짚어서 술을 사 왔다.

그이는 어디서 왔느냐고 묻고 나서 서울 구경은 마을에서 관광 가는 길에 딱 한 번 해보았다고 하였다. 아주 살기 좋은 곳이더라 며 부러워했다. 무슨 생각을 하시고 계셨느냐고 여쭈었더니 떠난 사람들을 생각했다고 하였다. 집도 못 찾는 반푼이 아들이 하나 있었는데 이십여 년 전에 집을 나가서 돌아오지 않고 있노라 하 였다. 이제는 집 나간 날을 잡아 제상을 차려야겠노라 하였다.

사립 너머에서 인기척이 나더니 중년 아낙과 청년 둘이 비에 젖어서 들어왔다. 며느리와 손자들이라고 하는데 셋 다 정신지체 를 가진 이들이었다. 공공근로를 다녀오는 길이라 했다. 손자들 이 술잔을 들고 와 할아버지와 겸상을 하고 앉았고, 노인은 그들 에게 술잔을 채워주며 혀를 털었다. 손자들은 순하고 착했다. 노 인이 이제는 죽어야지, 하고 푸념을 늘어놓을 때면 손자들은 아 버지가 돌아올 때까지 사셔야 한다며 손사래를 쳤다. 그러면 노 인이 애잔한 눈빛으로 술잔을 들었다. 어느덧 며느리가 저녁상을 밀어 나는 아침에 다시 찾아뵙겠다고 인사를 드린 후 물러났다.

이튿날 아침, 노인은 술상을 여태 물리지 않고 앉아 있었다. 여 전히 비는 내리고 있었고 며느리와 손자들은 보이지 않았다. 노 인은 지난 저녁에 찾아와 술잔을 나눈 손님을 알아보지 못했다. 나는 처음부터 다시 소개를 해야 했는데, 취기에도 노인은 말씀 만은 흐트러지지 않고 응대했다. 장마처럼 이야기들이 길어졌다.

노인은 여섯째 아내 얘기를 꺼냈다. 나는 화들짝 놀라서 노인 을 건너다보았다. 제 속에 갇힌 사람처럼 아무 표정 없던 노인의 얼굴에 얼핏 노기가 어렸다. 가만히 얘기를 듣다보니 장가를 여러 번 가서 여러 아내를 둔 분은 아니었다. 골짜기마다 화전민이 들어 살던 시절에 마을에 과부가 생기면 농사를 봐주는 남자가 필요하고, 그들 사이가 암암리에 정인이 되곤 했던 모양이었다. 노인은 그런 과부를 다섯이나 거두었다. 여섯째 과부댁은 스무 살이나 밑이었는데 불과 몇 년 전에 삼척으로 나가 개가를 했다고 하였다. 노인은 젊은 놈을 만나 떠났다고 상을 치며 분개했다. 그래봤자 칠순 넘은 노인네들일 거였다.

집을 나설 때 노인이 또다시 술을 청했다. 빗길을 걸어 가게로 나오며, 도대체 저 노인이 아흔을 넘기고도 정정한 비결이 무엇인지 종잡을 수가 없었다. 세속의 끈에 붙들려 애달아하고 성내며 살더라고 전할 수는 없을 것 같았다.

말씀들의 수난

도시 외곽 농촌마을에 들었다가 괴이한 집을 본다. 먼발치에서는 판자로 얽은 창고 같으나 가까이에서 보니 사람 들어 사는 농가다. 온 집을 둘러 벽과 지붕에 판자를 덧댄 것은 무슨 방수나 방풍이 목적이 아니다. 그 판자들은 밖에 내건 일종의 대자보다. 판자에는 누군가를 고발하고 저주하고 겁박하고 호소하는 격문과 구호로 도배되어 있다. 땅을 빼앗긴 억울한 사연이다. 별스럽다는 느낌은 둘째치고 괴기스럽고 소름끼친다. 그런 집을 이고 사는 주인의 내면 또한 얼마나 황폐할까. 마음이 거기에 이르니 언어의 지옥이 있다면 그 집 풍경이 아닐까 싶다. 혀를 뽑아 쟁기질하는 지옥도의 한 장면보다 더 적나라하다.

괴이한 집을 보고 와서는 이런 사람을 상상해본다. 세상의 좋은 말씀을 금과옥조로 모시며 사는 가장이 있다. 그의 아파트에는 격언 같은 글귀들을 옮긴 종이들이 덕지덕지 붙어 있다. 아이들 책상에도 거실 벽에도 화장실 거울에도 나붙어 있다. 글귀들은 조악하나마 정성들여 쓴 붓글씨이다. 유비무환 임전무퇴, 일

생의 계획은 젊은 시절에 달려 있고 일 년의 계획은 봄에 있으며 하루의 계획은 아침에 달려 있다, 삶이 그대를 속일지라도 슬퍼하거나 노하지 말라, 네 시작은 미약하였으나 네 나중은 심히 창대하리라, 살고자 하면 죽고 죽고자 하면 산다, 높이 나는 새가 멀리 본다……

동서고금 성현들이 남긴 격언은 물론 성경 구절도 있고 탈무드의 말씀도 있다. 그뿐이 아니다. 그는 거리에서 멋진 글귀를 만나면 친히 주워 삶의 모토로 삼는다. 공중화장실 소변기 앞에서 우연히 '가까이, 더 가까이!'라는 글귀를 보고는 가족애의 모토로 삼았다. 한때는 공원 한편 돌에 새겨진 '바르게 살자'는 말씀을 주워다가 가훈으로 삼은 적이 있다. 아이들이 좀더 자라자 그는 가훈을 바꿨다. '길이 아니니 가지 말자' 공원 잔디밭 가에 세워진 팻말을 보고 얻은 가훈이다. 마치 그와 그의 가족은 말씀의 가르침대로 세상을 살고자 부단히 다짐하고 사는 사람들 같다. 그는 말씀에 굶주린 사람이고, 말씀의 수집가이다.

그가 말씀의 수집가가 된 데에는 오랜 이력이 있다. 어려서는 '표어'의 세계에서 살았다. 때려잡고 무찌르고, 신고하자는 표어를 어디에서나 보고 자랐다. 그 스스로 표어를 짓는 숙제에 시달리기도 했다. 좀더 폭력적이고 자극적인 표어를 짓느라 머리를 싸맨 끝에 '너는 자수하면 산다'는 표어를 지어 상을 받았다. 학교에서 가훈을 적어오라는 숙제를 받았을 때에는 스스로 지었다. 집에 가훈이 있을 리 없었고 술 취한 아버지는 꼼짝도 하지 않았다. 그는 마을회관에 붙은 글귀를 옮겨다가 제출했다. '자력갱생'.

그런 그에게 집으로 주워나르고 싶은 좋은 말씀들이 세상에는 너무나 많다. 마치 그는 말씀에 들린 사람처럼 가게 간판 하나 허투루 보이지 않는다. '곧 망할 집'이라는 식당 간판을 보고는 그 아이디어에 무릎을 쳤다. 그러다가 제 아이가 다니는 초등학교 강당을 보고는 거의 감탄하는 마음이 되어 우러러보았다. '글로벌 인재로 육성하겠습니다.' 그는 이제 가훈을 바꿀 때가 되었다고 생각한다.

열여덟 구멍으로 해가 뜬다

섣달 서무날 무렵이면 우리 마을에서는 집집마다 아이들에게 주전자를 하나씩 들려 고개 너머 바다로 보냈다. 설에 쓸 두부를 만드는 데 간수가 필요했다. 고향에서는 소금물 대신 바닷물을 길어다가 두부를 눌렀다. 물속으로도 바람 친다는 추운 서무날, 갯가에 가는 일은 결코 신나는 일은 아니었다. 두부가 눌리면 털 박힌 돼지고깃국을 배터지게 먹을 수 있겠구나 하는 기대 말고는 신날 일이 하나 없는 길을 우리들은 해마다 무슨 연례행사처럼 무리지어 갔다.

밋밋한 고개들을 넘고 논틀밭틀을 지나면 멀리 '뒷갯'이 멍석처럼 펼쳐졌다. 갯벌을 가르는 방죽이 곧게 뻗어 눈길을 들판 멀리까지 데려간다. 그 방죽을 바람막이 삼아 타르칠 한 소금창고와 일자형 홑집들이 줄지어 작은 마을을 이루고 있었다.

타관붙이들인 영광 사람들이 네댓 집 들어와 소금밭을 일구며 살았는데, 이들은 겨울이 들면 대부분 고향으로 돌아가고, 간혹 계절노동자들이 몇이나마 남아 머물곤 했다. 염전에서 검게 그을린 굵은 사내들이 먼 거리에 나타나 흔전만전 노임을 뿌리고 가는 모습을 심심찮게 구경할 수 있었다. 염전은 힘쓰는 인부들로 바글댔다. 삼백 근이 족히 넘는 돌번지를 우습게 지게에 지고 나대는 장사가 많다고 했다.

염부들은 염전을 '신판'이라 불렀다. 신판이 어디에서 연유한 말인지 따질 길 없으나 벌목 현장을 산판山坂이라 하듯이 그들이 염전을 신판이라 부를 때 염전은 마치 사내들이 몸 놀리는 거친 세상으로 여겨졌다. 긴 대작대기 둘에 몸을 싣고 무자위를 밟는 염부들의 누렷한 몸만으로도 염전 여름은 생기로 충만하였다. 자르르한 갯벌의 등허리, 소댕처럼 뜨겁게 작열하는 태양, 소 입김에 쐰 듯 쩝쩔한 바람, 서걱대는 갈대밭, 갈대밭을 태우는 새떼의 소란, 염부들이 물 첨벙이는 소리와 막지르는 외침들……

반대로 염부들이 떠나고 난 텅 빈 겨울 염전은 더없이 황량하고 스산하다. 소금창고는 앞뒷문 꼭꼭 닫은 채 겨울바람이 끼얹는 먼지를 뒤집어쓰고 회색 때깔로 말라간다. 갈대밭이 볕에 부실 뿐 생명의 징후라고는 눈을 씻고 찾아봐도 찾을 데가 없다. 생명 짊어진 것들의 복닥판을 말끔히 거두어들인 채 뒤뜰처럼 쓸쓸하게 돌아앉은 풍경이 염전의 겨울이다.

갯벌은 여성다운 관능을 드러낸다. 풀어헤쳐져 있다. 태초에 모든 사물이 아무것도 걸치지 않고 알몸으로 자유롭던 시절을 고스란히 기억하는 땅 같다. 그 너르고 평평한 대지에선 물결도 그 흔적을 남긴다. 수없이 꿈틀거리고 얇은 흔적. 물결이 남긴 작은 골과 마루를 가만히 들여다보노라면 갯벌은 둥글다는 느낌을 떨칠 수 없다. 그 섬세함이라면 바람의 흐름을 고스란히 담는 사막도 같은 자리에 앉겠으나 문제는 물기이다. 물기란 곧 생명을 생명답게 하는 물질 아니던가. 물기로 인해 갯벌과 사막은 판이하게 서로 갈린다. 사막은 불모의 대지답게 메마르지만 습습한 갯벌은 지금 생명을 일으키는 일에 열중인 것 같다.

어린 시절 나는 갯벌에서 알몸으로 구르며 놀던 기억이 있다. 질퍽거리는 갯벌에 몸은 퇴행한다. 걷기보다 기어가기를 요구한다. 나는 볕에 뜨뜻무레하게 달귀진 갯벌에 가만히 엎드려 있기를 즐겼다. 갯벌은 살아 있는 손길마냥 겨드랑이로 사타구니로 흘러든다. 이 점액질의 갯벌은 양수처럼 미끈하고 따뜻하게 몸을 감싼다. 그 부드럽고 따스한 대지에 싸여 나는 씨앗 한 톨 같은 어린 생명이 된다. 어린 나는 아직 어미의 자궁을 기억하고 있었으리라. 태초에 모든 생명이 바다에서 비롯했다는 설을 나는 믿어 의심치 않는다. 생명을 잉태하는 모든 어미들은 깊은 몸에 갯벌을 담고 있는 게 분명하다.

어느 해 겨울부터 염전에는 더는 봄이 오지 않았다. 갯벌 물머리에서 간척지 공사가 벌어져 염전이 문을 닫았다. 더는 간물이 오르지 않는 갯벌은 바다도 농토도 아니어서 황무지와 다름없이 방치되어 있었다. 수년째 바람과 횟가루 같은 흙먼지만 일어 땅에 돋은 것들을 죄다 지우고 있었는데, 너른 갯벌에 살아 있는 생명붙이라곤 수년 새에 사막의 선인장처럼 돋는 새발나물뿐이었다. 한 해를 두고 일곱 빛깔로 색을 갈아입을 만큼 요사스런 이 종자는 민물을 마시되 바람은 꼭 소금바람으로 쐬어야 하

는 별종으로서 간기 묽어진 땅을 골라 디디며 군락지를 넓혀갔
다. 벌써 십리 갯벌을 반이나 뒤덮고 있었다. 이 독종마저도 겨울
바람이 불자 희거나 붉게 고스러져 쇠똥에 앉은 새털처럼 바람
따라 하늘하늘 뒤채이고 있었다.

방죽 너머 창고와 홑집들도 신세는 마찬가지였다. 바람에 시달
리는 소리나 겨우 내볼까 나날이 뼈대를 드러내며 본래의 때깔
을 잃어갔다. 소금창고는 희끗하게 바래어 검다기보단 차라리 회
색으로 느껴질 정도였다. 어느 염부의 숙소였을 방문을 열었더니
알전구 전깃줄에 제비집이 대롱대롱 매달려 있었다. 자연스레 간
수를 긷겠다고 방죽을 걸어오는 아이들도 더는 없었다.

그 삭막한 동네를 둘러본 일도 이제는 오래되었다. 그래도 여
전히 염전은 내게 향수 어린 대지다. 향수는 시간이 가져다준 마
음이라 했다. 칠정이라는 감정들이 다 흩어지거나 뭉쳐서 이제
그리움의 자리로 옮겨 앉아버린, 이미 화학반응 끝에 전혀 다른
성질이 돼버린 마음이 향수이다. 한때는 삶의 전부인, 애면글면했
던 온갖 감정들이 다 흩어지고 오직 시간이 길러준 애틋함만이
남아 있을 따름이다. 그래서 늘 그리운 것을 찾아가는 길은 설렘
과 함께 두려움이 동행하는 모양이다.

나는 여러 해 동안 고향 멀리에서도 염전을 찾아 헤맸다. 소래
포구 철로변의 염전 흔적도 좋았고, 충청도 파도마을 들머리의
작은 염전도 웅숭깊은 정취를 자아냈다. 남쪽으로는 아직도 소금
밭을 일구며 사는 사람들이 많았다. 영광에 이르러서는 고향 뒷
갯 염전을 일구던 사람들이 영광 사람들이었다는 사실이 새삼스

럽지 않았다. 그곳에는 '염산'이라는 고을 이름이 전해져 내려올
만큼 염전업이 번창했다. 그 아랫도리의 크고 작은 신안 땅 섬들
을 더듬어 돌 때는 염업이 시작되고 사위어가는 모습을 가까이
에서 지켜볼 수 있었다. 호남 염전을 둘러보면 평안도 출신의 전
쟁 실향민들이 마을을 이루고 염전을 일구고 사는 모습들 쉬 목
격할 수 있다. 염전업도 사양길에 접어들어 많은 곳이 문을 닫아
예전 같지 않지만 아직도 영광의 어느 해안이나 신안의 아무 섬
에 깃들이면 크고 작은 염전을 볼 수 있다.

　염전을 찾다보니 나는 해에 얽매이게 되었다. 세상에서 해와
가장 밀접한 사람들이 있다면 아마 소금밭을 일구는 염부들일
것이다. 바닷물을 말려 소금을 거두는 염부야말로 해를 온 감각
으로 느끼는 존재들이 아니겠는가. 임자도에 만난 염부 이씨는
소금은 해가 만들어주는 선물이라 했다. 그는 염전에서 사십 년
을 보냈다. 아침해만 보아도 그날 소금이 얼마만큼 오겠다는 걸
가늠할 눈썰미를 갖고 있다.

　"오뉴월 볕에는 그만그만허고, 칠월 장마에 쉬었다가 팔구월
좋은 볕에 한몫 잡는 거여. 십일월 찬바람 나믄 닫아야 혀. 오일
경이나 되지. 죽은 해라. 그 담은 벨수 있간, 맹년 사월이지."

　해가 흘러가는 모양을 지켜보는 일은 시간을 바라보는 일이다.
한자리에서 살다보면 해는 나고 죽고 자라고 식고 달리고 멈추는
일을 반복한다. 내 욕심은 그렇게 해와 더불어 살다가 스러져간
염부들처럼 해를 온몸으로 감각해보는 거였다.

　염부들은 사월 볕이나 되어야 비로소 소금밭을 일군다. 염전

의 겨울은 길다. 찬바람 이는 십일월 초순 물꼬를 막은 염전은 이 듬해 사월 봄볕이 익을 때까지 긴 겨울잠을 잔다.

"해가 으디로 오냐? 저그 수도산 몰랑에서 뜨던 거이 선착장 짝으로 삐뜩삐득 당겨앉다가 깨구락지섬에서 올라와. 겨울 돌아 갈수록 차근차근 옮겨 앉제. 그람 사월이라 인자 소금이 질어. 해 빠지는 것도 달러. 삼동엔 광산하구 갈매산하구 저 틈자구니로 자빠지던 거이 인자 갈매산 몰랑으로 기어올라서 진단 말여. 봄 이라 날이 질어지제."

날이 슬슬 풀리고 신발 뒤꿈치에 펄 한 점 둘러붙는 삼월부터 염전은 소금밭 일굴 채비에 들어간다. 봄기운은 안개 속에 서려 있다가 풀어진다. 아침마다 섬은 축축한 안개 속에서 깨어난다. 목화처럼, 안개는 봄을 품은 씨방 같다. 안개 속 멀리서 씨앗이라 도 터는 듯 둑 치는 소리가 들려온다. 염부가 도랑을 손질하느라 펄을 삽으로 치는 소리이다. 염부가 둑 치는 소리는 축축한 안개 를 흔들어놓는다. 해는 방죽을 훌떡 넘고 수면을 자글자글 끓이 며 다가와 이내 수면에 자욱한 물안개를 거두어 간다. 흐리마리 남은 안개는 바람이 마저 청소한다. 서풍이 부니 동쪽으로 안개 가 걷힌다.

인근 바다에서는 참숭어 들고 개숭어 노는 철이다. 보리 팰 때 까지 개숭어가 든다. 갯벌에서는 꼬막, 가무락을 캐고, 모래갯벌 에서는 대합, 바지락, 소라, 우엉, 고동을 줍는다. 바위 너덜겅에서 는 굴을 따고 돌을 뒤집어 돌장게, 화랑게, 벌띡세 하는 게들을 잡는다.

마른 갯벌 땅에도 생명이 움튼다. 새 발을 닮았다 하여 새발나물이라 부르는 함초가 여린 순을 내밀면 잇따라 갈대밭 부근으로 나문재가 나온다. 새발나물을 캐어 된장 양념과 참기름에 무치면 입맛 없고 반찬 없는 초봄 별미라 아낙들은 때를 놓치지 않고 갯둑을 타고 앉는다. 바닷가 보리밭 새에서 나는 새발나물은 그 부드럽기가 이루 말할 수 없다. 씹히는 맛이 입안 가득 좋고 그 향이 침 다음으로 고여서 뭍에서 캔 봄나물들과는 맛이 갈린다. 그 맛의 오묘함은 뭍 맛도 바다 맛도 아닌 경계의 맛이다.

이맘때면 염부들은 염전 보수에 분주해진다. 소금창고를 고치고 방천난 곳을 잡는다. 염판을 덮은 비닐깔개를 교체하거나 구멍난 자리를 보수하는 일도 빼놓을 수 없다. 때로 깐발이를 깐 염판은 물때를 벗겨주어야 한다. 하얀 버캐 같은 물때가 붙어 있으면 볕도 충분히 못 받을뿐더러 소금 순도가 떨어진다.

부지런한 염부들은 마지막 꽃샘추위가 닥치기 전에 시범 삼아 소금을 거두어들이기도 한다. 역시 삼월 볕은 싱거워서 소금 양도 적고 굵기도 볼품없다. 그야말로 잔소금이다. 이 소금은 새우젓 담그는 데 맞춤하다. 젓 담그는 데 쓰는 소금이 굵으면 새우에 생채기를 내서 뭉그러뜨리거나 간기가 고루 스미지 않는다. 오젓이니 육젓이니 하는 임자도 전장포의 소문난 새우젓은 볕 덜 익은 봄에 거둔 소금으로 절인 것이다.

"좀 잘어도 존 소금이여. 근디 사람들은 그걸 몰러. 무조건 씨알이 굵으믄 존 중 알어. 소금은 되로 팔잖어? 그랑게 상인들도 성글성글 됫박이나 채우는 굵은 놈만 찾어싸. 에이 소금은 잘잘

해도 요게 좋아."

염전 보수가 끝나면 염부들은 드넓은 소금밭에 바닷물을 댄다. 염부들은 바닷물 대는 일을 '물을 잡는다'고 말한다. 그들의 말 쓰임새는 보통 그런 식이다. 일테면 소금의 침전을 '소금이 온다'고 표현하며, 소금 결정체가 형성되는 과정을 '소금이 자란다'고 말한다. 비설거지를 '비몰이'라고 한다. 그들의 말을 듣고 있노라면 바닷물은 멧돼지 같고 소금은 무슨 화초 같으며, 비는 염소들처럼 떼지어 몰려다닌다.

소금은 자연의 거대한 순환 속에 놓여 있다. 다시 말해 소금은 딱히 바다에서 오는 게 아니라 흙에서 온다. 흙 속에 녹은 물질을 빗물이 거두어 바다로 데려갔다가 다시 해가 말려놓는 순환 속에서 소금은 태어난다. 소금은 뭇 생명체들이 흩어져 조금씩 추렴한 결정체에 다름아니다. 염부들은 그 순환의 고리 한 매듭을 잠시 당겨놓는 일에 참여할 뿐이다.

"염전 한 판이 열야닯이여. 그랑게 여그는 해가 열야닯 구녕에서 떠. 그람 열야닯 구멍에서 소금이 다 나오남? 아녀. 소금 오는 구덩은 겨우 서너 구녕이여. 나머지는 바닷물을 볕에 말리는 증발지제. 증발지는 치마짜리가 애기 배듯이 소금을 잉태하는 디여. 바닷물이 몰라 보타지믄서 소금을 배는 거거덩. 저그 1증발지에서 몰아온 바닷물을 밤낮으로 쪼까썩 옮기며 안치는 거여. 여그 말로 뒷물이 따라온다고 허제. 뒷물이 결정지에 닿기까장 보름이여. 보름 만에 소금을 내제."

만삭의 바닷물은 결정지에서 소금을 낳는다. 결정지는 소금을 받으려고 검은 비닐장판을 깔고 그 둑을 소나무 판때기로 둘렀다. 예전에는 토판이라 하여 맨바닥을 다져서 소금을 거두었다. 소금이 거무스레하게 펄빛을 띠었다. 때깔나는 소금을 얻을 수 있게 된 건 옹기 깐발이가 쓰이면서부터다. 1961년 무렵 옹기 깐발이를 깔기 시작해 다시 십 년 뒤에는 타일이 들어왔고, 88년 무렵부터는 검은 비닐장판을 깔게 되었다. 나이 많은 염부들은 옹기 깐발이에서 소금을 거둘 때가 제일 신났노라 회상한다. 손품이 많이 드는 불편은 있었지만 땅이 숨을 쉴 수 있어서 질 좋은 소금을 얻었다. 땅에 습기가 조금 돌아야 깨끗한 소금을 얻을 수 있다. 비닐장판은 땅의 숨통을 꼭꼭 막아버린다. 숨을 참다못하여 땅은 장판 어느 한 군데를 풍선처럼 부풀리는데 그럴 때면 염부도 죽을 맛이다. 구멍을 내서 공기를 빼주고 구멍난 타이어 손보듯 다시 땜질을 해주어야 한다. 그래도 비닐장판이 밀고 들어오는 것을 막지 못했다. 염부들은 옹기 깐발이와 타일의 자연 친화적인 쓰임새보다도 비닐장판의 편리를 취하였다.

바닷물이 결정지에 이르러 소금이 되기까지 짧게는 일주일, 길게는 보름이 걸린다. 보통 결정지에 이르기까지 바닷물은 삼분지 일로 줄어든다. 바닷물 천 그릇에서 소금 스물다섯 그릇을 얻는다. 염도 2도인 바닷물이 보름 동안 햇볕에 증발해 결정지에 닿을 때 염도는 25도에 이른다. 25도에서 제일 좋은 소금이 온다. 바닷물도 염도 12도 밑이나 30도 이상에서는 소금을 내지 않는 까탈을 부린다.

"바닷물에서 소금 말고도 오십 가지가 나온다고 하지 않아?

당장 삼십 도가 넘으믄 고질염이 생겨. 쓰고 못 묵는 소금이제. 그러니께 무작정 볕에 오래 둔다고 존 소금이 오는 건 아니란 말이지."

물을 관리하는 일이 염부들에게는 가장 힘거운 노동이다. 염도 측정이야 보메 비중계라는 온도계처럼 생긴 측정기로 쉽게 확인할 수 있지만 문제는 날씨다. 비라도 내리면 며칠 동안 공들인 노력이 수포로 돌아간다. 비 기운이라도 비치면 염부들은 소금을 거두고 염판 물을 수로로 빼서 해지에 몰아넣어야 한다. 소금을 거두는 일에만도 세 시간이 걸리니 난데없이 닥치는 비는 피할 도리가 없다. 옛 염부들은 자신의 감각 하나로 하늘을 읽어냈지만 요새는 일기예보에 귀를 기울인다.

목동의 가축처럼 소금은 동물성인지 모른다. 사실 염부들은 소금을 거두는 게 아니라 기른다. 해와 바람의 초원으로 바닷물을 몰아서 소금을 기른다. 좋은 목초지가 가축을 살찌우듯 좋은 볕이 소금을 살찌운다. 소금은 해와 바람이 길러주어 염부의 시간은 기다림이다. 염부들에게 해는 가히 종교적인 경배물에 가깝다. 예전에는 첫 소금을 수확하는 날 채렴식採鹽式이라 하여 제를 올리고 잔치를 벌였다. 잔치 첫머리에 고사를 지냈다. 염전 들머리에 소나무 말목을 세우고 돼지머리를 걸었다. 날씨를 주관하는 신, 해에 깃든 정령, 생명의 큰 그릇 대지에 올리는 제였다.

해가 갈매산으로 설핏 기울면 염부들은 고무래를 들고 소금밭으로 들어간다. 고무래질에 소금이 백실처럼 하얗게 쌓인다. 염판마다 작은 소금 무지가 솟는다. 염부들의 수고와는 상관없이 소금을 거두는 풍경은 보는 이로 하여금 어떤 제의에 참관하는 마음에 젖게 한다. 우리 선조들은 소금을 생명을 이어주는 묘약으로 알았지만 결백과 청결의 상징으로도 숭앙했다. 소금을 뿌리는 행위는 악귀와 악운을 몰아내는 일이다. 집안에 사람이나 가축이 새로 태어나면 소금과 정화수와 칼을 놓고 하늘에 그 건강과 발복을 빌었다. 염부들은 마치 염결의 묘약을 만들어내는 연금술사와 같다. 그들은 소금을 만들어내는 맷돌을 지닌 신화 속의 인물처럼 투명한 물에서 육면체의 소금을 건져낸다. 때마침 서녘을 물들인 노을은 그 장관을 더욱 엄숙하게 만든다.

뭐니뭐니해도 천일염은 여름 소금이다. 칠월 장마가 그치면 팔구월 두 달 동안 염전은 성수기를 맞는다. 봄가을에는 이틀이나 사흘 만에 소금을 내지만 여름이면 매일 소금을 거두어야 한다. 하루에 두 차례 내는 날도 있다. 그런 날은 한낮 땡볕을 피해 새벽 두세시까지 전깃불을 밝혀놓고 소금을 거둔다. 여름 소금은 그 맛도 차이가 난다. 봄가을 소금은 더러 쓴맛이 나는데 여름 소금에는 쓴맛이 없다. 날이 차면 '리가리'라는 길쭉길쭉한 소금이 나온다. 여름 소금은 육면체의 씨가 굵은 소금이다. 흔히 생각하기를 날이 가물면 염전에 좋을 것 같지만 그렇지 않다. 적당한 습기는 염판의 청결을 유지한다. 가끔이나마 비가 내려 염판에서 염기를 씻어줘야 깨끗한 소금이 온다.

여름 한철 성수기가 지나면 가을이다. 개구리섬에서 뜨던 해도 수도산 쪽으로 기운다. 갈대가 고스러지고 히늬바람이 불다가 이내 아침저녁으로 날이 서늘해진다. 안개가 다시 짙어지고 갈댓

잎이 소리내며 말라간다. 철새들이 달빛을 밟고 날아온다. 해는 곧 죽을 것이며 이제 염전은 서리 내리기 전에 겨울 날 채비를 해야 한다. 김장 소금을 실어내느라 외지 트럭들이 들이닥치면 눈 깜짝할 새에 창고가 빈다. 염전은 한해 농사를 끝낸다. 예년에는 겨울이라도 가마니를 짜느라 홀집들은 겨우내 가마니를 밟는 소리와 술추렴으로 시끌시끌했겠지만 이제는 그런 겨울 풍경은 사라졌다. 소금을 포장해서 내가는 일을 맡은 회사도 따로 있을 정도니 염전의 겨울은 더욱 을씨년스럽다.

"일 년에 오십 키로짜리 푸대로 육칠천 가마니를 해. 한 해 소금 거둔 돈은 반을 땅주인한테 떼줘. 그라고 그 나머지를 같이 일하는 인부하고 나누니게 뻘로 떨어지는 건 없어. 겨우 한 가족 자급자족이나 한단 말이지. 그래도 농새보다 목돈을 만지니 그 맛이 좋제."

염부 이씨는 앞으로 일이 년만 더 소금을 내먹고 그만둘 생각이다. 볕을 좋아 하는 일이지만 뙤약볕 아래 노동은 젊은 사람에게도 힘 부치는 일이다. 방죽 축조공사에도 참가했고 기업형 염전에 고용살이도 했으며, 지금도 남의 염전을 얻어서 일하는 소작 염부이다. 전쟁 직후부터 죽 염전을 지키고 산 그가 몇 가닥 남지 않은 머리카락을 석양에 풀어놓고 상념에 젖는다.

"사람이 항상 발복하는 건 아녀. 성할 띠도 있고 쇠할 띠도 있거덩. 사람도 천지가 다 간직하고 있으니게. 인간이 너무 성했어. 시상을 너무 마이 차지했다 이거여. 앞으로 잘살라믄 잘해야 써. 남 신경쓰고 살 것까장은 없제만 내 맘은 잘 다스려야 쓰는 거여. 참 고약한 세상이야."

염전업도 날로 변하고 있다. 비록 다른 산업에 비해 더디기는
해도 기계화되고 있다. 예전처럼 외지 인부들이 찾아와 시끌벅적
한 맛도 사라졌다. 부부나 임의로운 이웃 두엇이 얼려 농사를 짓
듯 염전을 일군다. 토종 천일염을 찾는 발길도 줄었다. 중국이며
태국 등지에서 들여오는 소금과 공장이 만들어내는 정제염에 밀
려 사양길로 접어든 지 오래다. 이제 소금은 먹는 조미료일 뿐 그
누구도 소금이 품은 삶의 은밀한 뜻을 맛보지 않는다. 늘 우리
곁에 있지만 소금은 우리네 삶에서 저만치 멀어졌다.

열여덟 구멍 염전으로 해가 진다. 소금 몇 줌, 정갈한 물 한 대
접 떠놓고 비난수를 하던 할머니의 뒷모습이 그리운 저녁이다.
소금의 정결을 떠받들던 그 할머니를 두고 나는 너무 먼 세계로
떠나온 듯싶다. 길에서 뒤집어쓴 묵은 때로 내 몸은 얼마나 찌들
었을까…… 소금 몇 줌 쥐고 정갈했던 몸이 그립다.

노을 자리에서 나락을 거둔다

논두렁이 휘어지며 길다. 그 긴 허리가 첩첩하다. 가을 들녘 논두렁길은 그대로 거대한 황금 채색 모자이크 판에 묵필로 그어놓은 선이다. 가실도 끝나고 수풀도 흙빛으로 고스러진 후, 지층인 양 논두렁은 부러 눌러세운 듯 돌올하다. 눈이라도 내리면 논두렁은 그 음영이 더욱 깊어진다. 검은 곡선이 흰 곡선을 추어주고 흰 곡선이 또한 검은 곡선을 받든다. 서로 밀어내지 않고도 적나라하다.

어느 산 너머에서 묶여 놀다가 도망온 가오리연이 허수아비한테 잡혀 뱅뱅 맴돈다. 빈 들녘에도 아연 활기가 돈다. 입성 사나운 허수아비는 종이옷 한 벌 장만하려고 필사적이다.

써레질 끝내고 물 담아놓은 삼사월 논두렁은 어떠한가? 물 떠올린 손아귀처럼 하늘을 담고 앉아 연못인 양 위태롭다.

논두렁길은 끝과 끝이 맞물리고, 닫힌 듯 열려 있으며 열린 듯 닫혀 있다. 어느 한곳 기울어짐 없이 저울처럼 평평하다. 길이기 이전에 그릇이었다. 물을 돌게 한 육체다. 생명을 한아름 그러안은 채 나고 자라고 영글고 스러지는 섭리를 그 안에 품고 겪은 정신이다. 마디진 시간이 잇닿아 흘러가는 곡선이다. 늙은 농부 하나 지게를 받쳐놓고 앉아 노을에 눈길을 던지고 있다.

완도 땅 청산도의 논두렁은 아직 그대로다. 논들이 쌓여 산 하나를 만들어놓은 듯싶게 다랑이논들이 산허리까지 치고 올랐다. 파도에 밀린 것처럼 논두렁의 흐름이 '데생이'라 불리는 산록을 따라 물결처럼 밀고 오른다. 멀리 마을도 수평선도 논밭 아래다. 논두렁이 하나같이 습습한 돌담이다. 높은 곳은 어느 왕조의 고성을 연상시킬 만큼 높다랗다. 그 아래 응달에 서면 청량한 냉기가 감돈다. 돌담은 뻣뻣함을 감추듯 담쟁이덩굴을 슬며시 걸쳤다. 담쟁이도 그저 푸른 담쟁이가 아니다. 붉은 기가 어룽어룽 맺히고 잎이 촘촘한 산담쟁이다. 흙더미 뭉친 곳에는 어김없이 뿌리 깊은 억새가 우북하다. 농부의 무뎌진 연장을 보면 알 수 있듯 청산도는 맨 돌투성이 땅이다.

섬을 이룬 대봉산은 말타기 놀이라도 하고 싶게 등허리가 쭉 뻗어 딴딴하다. 드문드문 바위가 상처 부스럼처럼 불거져 돌이 많은 고장임을 한눈에 짐작게 한다. 건너로는 매봉산이 멀찍이 마주앉았는데, 매떼가 모여 산다는 매봉이 주봉이다. 매봉은 울끈 선 바위 봉우리이다. 스스로 신화가 될 듯 불모지답다. 매처럼 음산하고 걸핏하면 안개와 구름을 끼고 산다. 아무리 둘러봐도 이 땅은 돌의 땅이다. 바위섬을 흙 거죽이 슬쩍 덮고 있는 형국이다.

"돌 땀시 아무것도 못 하제. 쟁기에 주먹만한 돌이 예사로 걸리니게."

돌과 땅뿐이라는 자조 섞인 말대로 농부에게조차 이곳의 돌은 땅과 함께 대등하게 놓인다. 민간에는 오래전부터 돌을 모시는 당암제가 행해지고 있다. 팽나무나 느티나무, 혹은 소나무 따위의 당산목에 제를 올리듯 바위에 제를 올린다. 사람은 두려운 것, 위험한 것, 파악할 수 없는 대상을 곧잘 신의 자리로 올려놓았다. 살아가는 데 악조건이 되는 대상에 대한 화해와 극복은 그런 식으로 이루어졌다. 이곳 사람들에게 돌은 그런 존재다. 삶을 가로막는 장애물로 돌은 극복하지 않으면 안 되는 대상이었다. 집도 돌로 담을 둘렀고, 밭도 한 자 족히 넘는 돌담을 갖추고 있다. 집처럼 문을 가진 밭들도 심심찮게 볼 수 있다. 수백 년 동안 호미질과 쟁기질에 걸리는 돌을 골라내어 밭가에 옮겨 쌓다보니 자연스럽게 담이 되었을 것이다. 그것은 방치가 아니라 축조로 읽힌다. 마치 농사와 별개로 담 쌓는 일에 따로 공을 들인 듯싶다. 흙은 물을 담아도 돌은 물을 담지 않는다. 이런 곳에 논이 있다는 사실이 차라리 경이롭다.

천리 바닷길 한 점 낙도인 청산도에서 쌀 한 톨은 금과 같이 귀하여 섬사람들은 무슨 수단을 써서라도 논을 만들고 쌀을 얻어야 했으리라. '구들장논'이 태어났을 것이다. 구들장논은 말 그대로 방구들을 놓는 데 쓰이는 평평한 돌을 바닥에 깔고 만든 논을 일컫는다. 청산도에서만 볼 수 있는 특이한 논이다. 그 이름도 이곳 사람들만 사용한다. 산촌 같은 데에서는 땅을 반반하게 다듬어 계단처럼 올린 논을 쉬 볼 수 있다. 이를 흔히 계단식 논

혹은 다랑이논이라 부르는데 지리산 피아골에 한 100층쯤 되는 논들이 장관이다. 청산도 구들장논은 모양새는 그와 유사하되 논을 만드는 방식이나 물을 다루는 법이 전혀 다르다.

구들장논은 논 밑을 넓적한 구들장으로 쌓고 그 위를 흙으로 덮는다. 구들장을 덮는 흙은 두 층으로 나뉘는데 돌 위에 초벌로 덮는 흙을 밑보골이라 부른다. 밑보골만 해놓고 물을 담는다면 하루 만에도 물이 다 빠지고 사흘이면 바닥이 거북 등처럼 쩍쩍 갈라진다. 밑보골 위에 다시 흙을 까는데 이때는 메를 되게 친다. 이렇게 덮은 흙을 이곳 농부들은 윗보골이라 부른다. 윗보골은 메를 쳐 야무지게 다진 흙이라 소가 밟아도 끄떡없다. 밑보골과 윗보골의 논흙 두께를 다 합쳐도 25센티미터를 넘지 않는다. 그 윗보골 위에 물을 잡아 벼를 기른다. 소를 몰아 쟁기날을 대고 경운기로 로터리를 친다. 청산도에는 이렇게 만든 구들장논이 족히 수백 배미에 이른다. 이백 평이나 되는 비교적 너른 배미도 있지만 나락 서너 줄 자라는 화단 같은 배미도 널려 있다.

구들장논의 경이로움은 이것이 전부가 아니다. 논에 물을 잡고 돌리는 그 거미줄처럼 얽힌 수로에 이르면 구들장논은 거대하고 세밀한 건축물이라는 사실을 알게 된다. 구들장논은 계곡이나 샘 혹은 도랑에 흐르는 작은 물줄기를 따라 만들어졌다. 물을 잡다가 논으로 흐르게 하려고 논 밑에 돌을 쌓아 지하 수로를 만들었다. 사람이 드나들 수 있을 만큼 넓은 방고래 같은 물길이 놓인 논도 있다. 전쟁 때 이곳에 숨어 **목숨**을 구한 섬사람들이 여럿 있었다고 한다.

윗논에서 물꼬를 트면 아랫논으로 물이 떨어진다. 바로 아랫논으로 떨어지지 않고 몇 층 계단을 내려가서 물이 떨어지는 경우도 있다. 사람이 보이지 않는 저 윗배미에서 흙물을 일으키면 저 아랫배미에서 흙탕물이 쏟아진다.

논 가운데에 물꼬가 있는 경우도 있다. 물길은 물의 흐름을 좇아 아주 정밀하게 설계되어 있다. 수백 년 동안 물꼬가 바뀌지 않은 것을 보면 잘 알 수 있다. 이곳 농부들은 땅 위로 아래로 흐르는 물길을 손금 들여다보듯이 훤히 꿰어야만 농사를 지을 수 있다.

"물이 분명히 안 보이는디도 쫄쫄 흐르는 소리가 난다 말여. 논두렁에 쥐불 안 놓더라고? 그람 저 위에 몇 배미 너머 논두렁 덜(구멍)에서 냉갈이 핀단께. 말 그대로 꾸둘장논이여."

이렇게 해서 맨 위 '보드리배미'부터 차례로 물을 돌려 가장 '아랫배미'까지 고루 물을 적실 수 있다. 그 층층이 들어앉은 논이 마을까지 내리 200층은 족히 될 것이다.

논두렁 너머로는 개울이 흐른다. 샘에서 막 흘러나온 물처럼 맑고 차갑다. 바다 건너 육답의 벼들이 마시는 미지근한 물과는 다르다. 농부들도 무시로 목을 축이는 물이다. 뿌리가 시려 움츠린 듯 벼들은 짜리몽땅하다. 물이 고이지 않으니 이곳 쌀에서는 시궁내가 나지 않는다. 평지 육답은 물을 가두거나 빼지만 구들장논에서는 물을 지속적으로 흘려보낸다. 물을 잡아두어도 하루를 못 넘기니 물을 묶어둘 수기 없다. 이곳 농부들은 염부들처럼 '물을 잡는다'는 말이 입에 붙어 있다.

땅이 높아 물길이 닿지 않는 논은 '호무대'라는 관※을 설치하여 물을 받는다. 요새는 피브이시 파이프가 나왔지만 예전에는 대나무통이나 나무에 홈을 파 만든 도구를 썼다. 구들장논의 물길은 아주 정교하게 작동한다. 물이 지나지 않는 논이 없으며 물 끊긴 수로가 없다. 수로는 계곡이나 산릉의 모든 논에 혈관처럼 연결되어 있다. 구들장논은 이미 자연을 모방한 농법의 수준을 벗어나 있다. 자연을 세밀하게 해석하여 재조정한 창조적인 자리에 놓여 있다. 생존을 향한 고투가 낳은 눈물겹지만 빛나는 유산이다.

공중도시로 알려진 페루 마추픽추에는 인구 일만에게 식량을 댄 계단식 밭이 있다. 이 고대 잉카인의 유적을 인류는 경이로운 창조물로 기린다. 청산도의 구들장논도 그에 못지않다. 물이 흐르고 경사도가 허용하는 비탈은 모두 논으로 개간해놓았다. 구들장이라는 특수한 소재를 이용하였기에 가능한 일이다. 그런 논을 만들게 된 배경이며 그 정교한 관개시설, 그리고 구들장을 이용한 지혜와 그 고투는 마추픽추에 견주고도 남는다. 이 거대하고 정밀한 건축물을 도대체 언제 누가 만들었을까?

우선 돌을 만진 가장 오랜 흔적은 읍리 독베기에 놓인 고인돌이다. 돌은 그때로부터 이 섬 사람들에게 이롭기도 하고 불편하기도 한 물상이었을 것이다. 누가 그 돌들을 적극 활용하여 이런 논을 만들어냈는지 어떤 기록도 없다. 가오리골창, 생마골, 시느커리, 재미테, 지름바위 등지에 이르기까지 수백만 평 논에 들어간 구들장은 궁궐을 수십 개 짓고도 남을 만한 양이다.

"우리넌 그냥 있는 땅에다가 농새를 지을 뿐여. 그냥 전해져오는 거제. 다 조상들이 맹글었다고만 알고 있제 뭘 알간. 한 사백년 위로 올라가는 이도 있고, 임란 끝나고 제주에서 입향한 양씨가 첨 맹글었다는 말도 있제. 한때는 여 섬에서 사람을 다 몰아냈다등마. 왜구들 땜에 나라에서 주민들을 소거한 거여. 임란 끝나고 다시 사람이 살았다대. 그라고 고인돌 있잖우? 고걸 맹근 사람들이 했다고도 해. 그랄 것이다는 것뿐이제 사실을 알간? 암도 모르제. 우리야 탄복이나 하믄서 농새를 지을 뿐이여."

지금 농민들 중에 구들장논을 만들어본 사람은 없다. 그들의 조상들은 그 많은 구들장을 어디에서 구했을까? 해발 385미터의 대봉산 북쪽 정골이라는 골짜기에 그 흔적이 남아 짐작을 가능케 할 뿐이다. 그곳에는 널빤지 같은 돌장이 널려 있다. 부흥리 주민들 중에 그곳에서 구들장을 지게로 옮겨다 썼다는 이들이 더러 있다. 아마 구들장논을 만든 조상들도 그 돌을 사용하지 않았을까 짐작한다. 그 길은 보통의 길이 아니다. 정골은 요새 사람들이 거의 들지 않는 골짜기가 되었다. 그곳으로 가는 길도 수풀에 묻혀버렸다. 바위에서 무거운 돌장을 떼어내고 그것을 산을 넘어 옮기는 것은 만만한 일이 아니었을 것이다. 요즘처럼 도구가 발달한 때도 아니었다. 돌을 떼고 옮기고 쌓는 일이 거의 수작업에 가까운 노동으로 이루어졌을 것이다. 따라서 저 무지막지한 역사役事는 단시간에 이루어진 것으로 볼 수 없다. 아마도 수백 년에 걸쳐 꾸준히 완성되었으리라 짐작된다. 조상들은 물길을 따라 필요한 만큼 논을 한 평씩 넓혀 나갔으리라. 그렇게 추측을 하고도 수수께끼는 여전히 남는다. 그 정교한 축조술은 현대인의 눈으로도 불가사의에 가깝다. 단지 그들이 돌과 흙과 물의 생리에 아주 밝은 이들이었으리라는 사실만은 분명하다.

청산도 농부들은 그들 선조처럼 물 관리에 타고난 감각을 지니고 있다. 이곳 물 사정은 너무나 취약한 편이다. 돌이 많고 개모래 땅이라 물 빠짐이 심해 잃어버리는 물도 많다. 저수지도 이곳에서는 소용이 없다. 박정희 정권 때 농부들의 부역으로 저수지를 만들었으나 늘 바닥을 드러내 지금은 흉물스런 유물로 남아 있다. 이곳 농부들은 비가 오기를 기다리는 천수답지기 신세에다가 비 온 후에도 잘 관리해야 하는 이중고에 시달린다. 척박한 땅에서 곡식을 거둬들이려고 이들은 논갈이에서 나락이 영글 때까지 매일 논에 붙어살다시피 한다. 하루라도 소홀했다가는 저 돌들의 땅에 물을 앗기기 십상이다.

그래서 논을 이웃하고 있는 농부들 사이가 아주 긴밀하다. 작은 보를 만들어 임시로 물을 저장하고 이 물을 이웃하는 논에서 사용한다. 이 보를 만들고 관리하는 네댓 명의 논 주인을 묶어 보작인이라 했다. 이들은 수시로 보를 관리하는 부역에 동원되었다. 이곳에는 '전답 두거리(전답 이웃)를 해봐야 네 맘도 알고 내 맘도 안다'는 속담이 있다. 물 다루는 일의 중요성이 역설적으로 드러나는 속담이다.

골짜기를 흐르는 조그만 물줄기가 주요 수원이다보니 보름 이상 비가 오지 않으면 아래쪽 논 물줄기부터 마른다. 극심한 가뭄을 빗댄 말 중에 "(개울이 말라서) 이쪽 개미가 저쪽 개미한테 놀러간다"는 해학적인 속담도 있다. 비가 오면 계곡 여기저기에서 작은 물줄기들이 생겨난다. 보작인들은 해마다 모내기철이 되면 돌과 진흙으로 보를 막아서 저마다 논에 물을 댄다. 물줄기 위쪽에서 막은 보에서부터 물을 채우고 나머지 물을 흘려보내면 그 밑의 보가 일정 정도 가두고 나머지를 흘려보내는 방식으로 물 관리가 이루어진다. 이 힘겨운 구들장논 농사를 이곳 농부들은 서러운 농사라 한다.

보를 만들고 관리하는 일은 이웃끼리 공동으로 하나 대개의 농사일은 개별적으로 할 수밖에 없었다. 공동 노동보다는 가족 단위의 농사가 성할 수밖에 없다. 논에 든 물이 머무는 날이 길지 않고 짧은 시간에 자기 논부터 물을 잡아야 해서 협동해서 일하기가 힘들다.

이곳에서도 육지와 다름없이 설 쇠고 음력 이월 중순이면 논 갈이를 한다. 구들장논의 갈이는 육답 논갈이보다 훨씬 많은 품과 주의가 요구된다. 보통의 논갈이가 세벌갈이에 한 차례 써레질로 마감된다면 이곳은 많게는 여덟 번에 걸쳐 쟁기와 써레를 대야 한다.

우선 겨우내 묵은 단단한 땅을 일궈내는 쟁기질로 시작된다. 이 첫 쟁기질을 이곳에서는 배미를 딴다고 하는데, 이때 생긴 두둑은 다시 거슬리기를 통해 고루 갈리게 된다. 이렇게 뒤집은 골에 퇴비를 넣고 쟁기로 두둑의 흙덩어리를 깨어가면서 갈아주는 쟁기질, 궁굴리기가 행헤진다. 다시 이어지는 네번째 쟁기질이 싸덮기이다. 싸덮기는 두둑을 다시 갈면서 풀을 뒤엎어 땅에 묻는 쟁기질이다.

이렇게 물 없는 땅을 가는 마른갈이가 끝나면 물을 집어넣고 써레질을 한다. 써레질은 굵은 흙덩이를 으깨는 작업이다. 써레질이 끝나면 다시 쟁기를 묶어 둑갈이를 한다. 쟁기질로 도랑과 두둑을 만드는 일이다. 다시 중갈이라는 쟁기질이 한번 더 행해진다. 이때 생긴 흙으로 논두렁을 만들어야 한다. 정확히 말하면 논두렁 보수다. 흙을 논두렁 근처에 모아서 쌓은 다음 두드리고 밟는다. 지렁이나 땅강아지가 낸 작은 구멍이라도 막음을 못 해두면 장차 구멍이 커져서 물이 새버린다. 논두렁 만드는 일은 아주 세심하게 이루어진다. 특이한 것은 이곳 논두렁이 버섯처럼 밖으로 조금씩 불거져 나와 있다는 사실이다. 심한 곳은 한 자는 족히 된다. 한 뼘의 땅이라도 더 늘려 농사를 지으려는 농부의 땅 욕심 탓이다.

논을 깨끗하게 갈아주는 무쟁기치기를 하고 나면 논갈이는 끝난다. 이제 비가 오기를 기다렸다가 모내기날 마지막 써레질을 하면 된다. 보리를 갈아먹은 논은 땅이 그나마 부드러워 쟁기질로 보리 밑둥을 갈아엎고 써레질, 궁굴리기, 중갈이, 무쟁기쳐주기, 다시 써레질을 하는 과정을 밟는다. 이렇게 구들장논이 평지의 논보다 쟁기질이 잦은 이유는 땅을 부드럽고 질게 만들기 위해서이다. 흙이 가늘고 미세할수록 점도가 높아지고 그래야만 조금이라도 물이 유실되는 걸 막을 수 있다.

논두렁이 반듯하지 않은 만큼 쟁기질을 하더라도 쟁기날을 못 댄 귀퉁이 부분이 들쭉날쭉 생기게 마련이다. 이 귀퉁이들은 맨 처음 논배미를 딸 때나 마지막 무쟁기를 칠 때 따로 품 들여 삽이나 괭이로 따주어야 한다. 모든 쟁기질에서 세심하게 주의해야 하는 것은 쟁기질 깊이다. 깊어야 25센티미터 정도밖에 깔리지 않은 논흙을 갈아엎는 일이어서 여간 조심스런 게 아니다. 이곳 농부들은 계란 하나 들어갈 정도로 갈아야 한다고 말한다. 쟁기의 보두를 조절하여 쟁기질의 깊이를 조절하는데, 보두를 내리면 깊은갈이가 되고, 올리면 얕은갈이가 된다. 쟁기질을 하다가 돌이 많이 나오거나 논흙이 얕은 지점을 만나면 보두를 올린다. 경운기로 로터리를 칠 때도 쇠바퀴를 사용하지 않고 고무바퀴 그대로 사용한다. 논 속살까지도 훤히 꿰지 않으면 안 되는 어려운 일이다.

이들은 논갈이 철이 돌아오면 소 품앗이를 한다. 소가 워낙 귀해서 예로부터 소언두라는 계도 있었다. 소언두는 우리가 익히 아는 소 품앗이와는 서로 다른 형태다. 소 품앗이는 소를 빌리거나 혹은 쟁기질하는 사람 품까지 사고 나중에 품으로 되갚는 노동 협력을 이르지만, 소언두는 몇몇 이웃이 소 가진 집과 어울려서 소를 쓰고 겨울에 소먹이를 대주는 도움 형태다. 소언두를 하는 집들 간에는 서로 소사둔이라 하여 김매기나 가을걷이도 함께 하는 친밀한 이웃 관계를 유지한다.

음력 삼월 말이면 모내기를 한다. 양력으로는 오월 하순이나 유월 초다. 보리를 간 논은 한 달가량 늦추잡아 사월 말에 모를 낸다. 땅이 젓어야 모내기를 하므로 딱히 모내는 날을 잡는다고는 할 수 없다. 비가 오는 날이 모내는 날이다. 유월 중순이 되어도 모를 못 내는 집들이 더러 있다. 이 무렵이면 농부들은 비만 떨어지면 열 일 제쳐두고 물을 잡으러 다닌다. 이제 못줄을 잡고 모내는 풍경은 이 구들장논에서도 사라졌다. 이앙기로 모를 내고 이앙기가 미처 놓친 구석은 사람이 손수 꽂는다. 직파라 하여 바로 볍씨를 논에 뿌리고 거두는 집도 많이 생겼다.

올해 예순여섯 나는 김씨는 바다를 지척에 두고도 농사만 고집해왔다. 그는 우스갯소리로 고기에게 물릴까 무서워 바다에 가지 못하는 섬사람이다. 아직도 소를 몰아 쟁기질을 하고 데생이골 구들장논을 한 곳도 놀리지 않는 부지런한 농부다. 그는 죽동진벼만 고집해서 짓는다. 동진벼는 꽤 오래된 품종으로 쌀은 덜 나오나 밥이 찰지고 맛있기로 소문이 나 있지만 이 품종은 바람에 약해 요새는 정부에서도 권장하지 않는다. 이 섬의 농부들이 짓는 벼 품종은 다양하다. 서남벼, 영남벼, 하동벼, 하봉벼, 하영벼, 흑미벼, 남강벼, 대강벼가 있다. 영남벼와 하영벼는 다른 품종보다 먼저 이삭이 팬다. 한때는 '전국민쌀먹기운동'으로 정부에서 통일벼를 장려했는데 요새 통일벼를 짓는 집은 거의 없다. 모내기가 힘겨워 산두나락이라는, 뿌려서 거두는 재래종 직파 벼를 짓는 농부도 있다.

"인자 데생이논을 짓는 사람이 몇 안 돼. 다섯이나 지을까. 묵힌 땅이 몇 년 새에 겁나."

김씨는 데생이에서 논 열다섯 마지기를 짓는다. 남들보다 많지도 적지도 않은 농사다. 한 마지기에 보통 여섯 가마니를 거두니 그의 한해 벼농사는 아흔 가마니다. 그의 농사는 여전히 옛 방식

그대로다. 봄이면 밭에 콩을 갈고 조를 뿌린다. 고구마 무강을 놓아 유월 비 끝을 잡아 순을 옮겨 심는다. 조는 오뉴월 갈아서 구시월에 거둔다. 조는 이 가문 땅에 썩 잘 맞는 곡물이다. 메밀은 논이 너무 가물어 모를 내지 못한 해에 대체하는 작물로 주로 뿌린다. 유월에 씨를 뿌려 구월 말이나 시월 초에 거두는 그 주기가 벼와 비슷하다. 사월 중순에 놓아서 구월 초에 캐는 감자도 이곳의 주요 작물이다.

김씨 마당에는 올콩, 녹두, 고추, 들깨, 옥수수가 늦여름 볕에 마르고 있다.

"올콩이 여물이 뚝뚝 들었을 거인디 올해는 물을 못 묵어서 베렀네. 깨는 씨 뿌릴 때 해필 비가 퍼부어서 다 썻게가 부렀고…… 밭엣것은 숭년, 나락농새는 좋을랑가? 잘랑잘랑 나락이 맺어 올해는 좀 묵겄네만 태풍도 남었고 목도열병도 남었고 아직 가실까지는 첩첩산중이라. 인자는 볕이 따글따글 나줘야 곡석들이 여물 거인디 비가 쪼까석 와도 한하고 안 오네."

그의 광에는 도리깨, 얼레미, 채, 남바가지, 미래, 당글게, 흙살이 걸려 있다. 그는 바닷가에서 직접 모래를 파다가 한 오 년 걸려 손수 집을 지었다. 그보다 세 살 많은 그의 아내는 가까운 섬 모도가 친정인데 친정아비는 농사 없이 목선만 탄 어부였다. 농삿집에 시집와 쌀밥은 먹었으되 이 서러운 구들장논 농사에 칠남매를 키우다보니 온몸이 망가졌다고 푸념이다.

"몽뚱아리 쪼까석 안 좋은 것 데꼬 드러누우믄 한정 없응께 생전 안 드러누웠지. 근디 인자 죽으믄 쭉 드러눕고 말것제."

안댁의 능숙한 얼레미질에 올콩이 튀고 따글따글한 볕이 부서진다. 김씨는 새벽 다섯시에 들에 나가 논두렁에 쥐덫 놓고 물꼬를 둘러보고 열시쯤 들어와 늦은 아침을 먹는다. 그도 어쩔 수 없는 섬사람이다. 가장 즐겨먹는 음식이 생선창자로 끓인 '앳국'이다. 그 맛이 쌉싸래해서 바다를 지척에 두고 오랫동안 입맛을 길들이지 않으면 즐기기 힘들다.

"하이고 몸뚱이가 조금 슨다 싶으믄 불개미가 올라와가지고 붕알을 물어부네. 데생이에 무서운 거 세 가지가 있는디 독사하고 벌하고 개미여. 풀 베다보믄 예사로 벌집을 건들고 뱀에 물려 욕본 이도 많어. 암튼 오늘 둘러본게 한 달만 지나믄 물을 빼겄어. 인자 추석 아닌감? 나락이 노릿노릿해지믄 물꼬를 막는디 사흘이믄 논이 마를 거여."

점심 지나 목에 따갑게 안기던 볕이 설핏 기울자 마을 아낙들이 낫을 들고 들머리 재 밑에 앉았다. 그이들은 얼마 전 마을 정자 그늘에서 국수를 삶아 돌려 먹었다.

"차도 탈지 모르고 배도 탈지 모르고 누 인생을 요 세상에다가 댄다요? 사람 아닌 줄 알고 살었제. 사는 거이 이렇소. 이라고 살제 어짜겄소?"

"요 세상에서 뭐하고 살다 왔냐고 하면 말할 것 없어 어짤까이?"

한 아낙이 모기 물린 팔등에 침을 바르며 말하자 기다렸다는 듯 옆에서 받아친다.

"그래도 거그는 낫 갈아줄 이라도 있잖어? 우리 삭신은 뻣뻣한

게 벌거지도 안 묵으네."

아낙들이 자지러진다. 청산도 여자들은 일을 많이 하기로 소문났다. 조, 메밀, 콩, 깨, 감자 따위의 밭작물이나 채소 재배, 볍씨 담그기, 쟁기질이 못 닿은 땅 일구고 고르기, 논두렁 다지기, 모찌기와 모내기, 김매기와 가을걷이, 소먹이기, 풀베기, 땔감 장만, 하루 세끼 밥하기, 멀리 바다에 가서 갯것 해오기…… 남자들은 여자들이 감당하기 힘든 몇 가지 굵은 일만 하고 나머지는 여자들 몫이다. 남자들이 참여할 수 있는데도 여자들이 떠맡은 일이 많다. 어촌 풍습의 영향 탓이 크다. 남자들은 뱃일을 나가고 여자들은 농사와 가사를 돌보는 풍습이 농사만 짓는 이 마을에까지 영향을 미쳤다.

"남정네들은 이 산골에서도 술 묵고 담배 묵고 다 하는디 우리야 뭔 재미있어? 그저 테레비가 재미여. 근디 누구 어지께 〈소문난 여자〉 봤다야? 초저녁에 잠에 빠져갖고 고걸 못 봤네이. 그 여편네는 으뜨케 됐다야?"

"장개미 저그 묏에는 돌갓꽃이 인자 폈겄다 졌겄네이?"

아낙들이 너도나도 남자들을 성토하자 올해 일흔다섯 난다는 큰언니 양씨 할머니가 말머리를 돌린다. 오늘은 이 할머니네 묵혀둔 밭을 매러 왔다. 한 해를 묵혔는데 키까지 자란 망초가 숲을 이루었다. 밭에는 왂새, 망초, 까마중, 빗자루대, 바랭이, 똥나무지심, 개비름, 참비름, 기새미 하는 잡초들이 속을 태우고, 논에는 피, 방등생이, 왕새, 논지심, 나시지심이 원수다.

양씨 할머니네 망초밭에 들어간 여자들이 보이지 않고, 한 자락 처연한 노랫가락이 흘러나온다.

> 엄매 엄매 우리 엄매
> 뭣할라고 날 낳았던가
> 뭣할라고 날 낳아서
> 이 궁리韓呷로 시집와 갖고
> 일만 하다 죽겠네
> 묵고 나나 자고 나나
> 일밖이 안 하고
> 일만 일만 하다 못살겠네
> 엄매 엄매 우리 엄매
> 우리 엄매 안 생겼으면
> 나도 안 생겼을 건디

논물 소리에 귀가 간지럽다. 축축이 젖은 길가에 띠풀이 서걱
대고 달개비꽃이 멀리 바다와 한 빛깔로 피었다. 참쑥 키가 껑충
하게 푸른데 올콩밭만 녹음 속에 누렇다. 이제 농사짓는 사람 없
이 묵은 논이 하나둘 늘어간다. 구들장논이라는 거대한 인간의
건축이 다시 본래의 자연 자리로 돌아가고 있다. 억새와 칡넝쿨
이 논을 뒤덮고 나무 씨앗이 날아와 점차 숲이 되리다. 조상들이
돌을 놓고 흙을 덮은 거대한 역사를 후손들은 잊어갈 것이다.
 "세상이 좋다기도 하고 나쁘다고 하기도 하는 세상이 되얏제.
옛 어른들이 하는 말이 농새도 내년 일을 생각하고 하드랬네. 한

해 쏘옥 빼묵고 말 거이 아니란 말여. 근디 누구 인자 그러나? 사람도 그렇구 일도 그렇구…… 진득허니 살어내는 거이 인생 아니드라구."

호박 한 줄기 올려 돌담을 가꿀 줄 아는 농부의 자연지심. 이런 풍경과 풍정이 시속時俗의 뒤뜰로 져내리고 있다.

세상의 큰형들

ⓒ 전성태 2015

초판 1쇄 인쇄 2015년 5월 15일
초판 1쇄 발행 2015년 5월 25일

지은이 전성태
펴낸이 강병선
편집인 김민정
디자인 이보람
마케팅 정민호 나해진 이동엽 김철민
홍보 김희숙 김상만 한수진 이천희
제작 강신은 김동욱 임현식
제작처 영신사

펴낸곳 (주)문학동네
임프린트 난다
출판등록 1993년 10월 22일 제406-2003-000045호
주소 413-120 경기도 파주시 회동길 210
전자우편 blackinana@hanmail.net | 트위터 @blackinana
문의전화 031-955-2656(편집) 031-955-8890(마케팅) 031-955-8855(팩스)
문학동네카페 http://cafe.naver.com/mhdn

ISBN 978-89-546-3572-1

난다는 출판그룹 문학동네 임프린트입니다. 이 책의 판권은 지은이와 난다에 있습니다. 이 책 내용의
전부 또는 일부를 재사용하려면 반드시 양측의 서면 동의를 받아야 합니다.

이 도서의 국립중앙도서관 출판예정도서목록(CIP)은 서지정보유통지원시스템 홈페이지(http://
seoji.nl.go.kr)와 국가자료공동목록시스템(http://www.nl.go.kr/kolisnet)에서 이용하실 수 있
습니다. (CIP 제어번호 : 2015008172)